길 위에서 마주친 우리 문화

이야기가 있는 우리 문화 기행

길 위에서 마주친 우리 문화

글·사진 이경덕

책知

차례

길을 떠난다

길이라는 말에는 여러 뜻이 있다. 말 그대로 도로를 뜻하기도 하고 삶의 노정이라는 뜻도 있다. 또한 익숙해진 것을 길이 잘 들었다고 표현한다. 그리고 열 길 물속은 알아도 한 길 사람의 속은 모른다는 말에서 보듯 한 사람의 깊이를 측정하는 길이를 뜻하기도 한다.

여행은 길을 떠나는 것이다. 그 길은 앞의 여러 정의들이 모두 포함되어 있다. 그것이 바로 여행이 관광과 다른 구별점이다. 관광이 여럿과 함께 외부로 눈길을 돌리는 것이라면 여행은 스스로 인식하지 못했던 자신의 내면으로 눈을 돌리는 일이다. 그래서 삶을 걸으며 새로운 삶에 익숙해지고 그를 통해 내면의 깊이를 깊은 우물처럼 맑고 시원한 물로 채워가는 것이다.

여행지에서 우리는 많은 것들을 만난다. 현재를 살아가는 사람을 만나고 자연을 만나고 과거의 사람들이 남겨둔 유물이나 유적을 만난다. 유물과 유적은 많은 이야기를 품고 있다. 유물과 유적이 품고 있는 이야기는 과거의 이야기이기도 하지만 현재의 이야기이다. 그리고 우리 각자의 이야기이기도 하다.

이런 이유로 글의 구성도 우리의 삶을 모형으로 삼았다. 태어나서 배우고 경험하고 살다가 죽는 과정을 따라 생가로부터 비석으로 이어지도록 하였다.

돌장승이나 솟대, 다리 같은 유적·유물들은 우리가 집을 나서면 바로 쉽게 만날 수 있는 것들이다. 우리의 삶처럼 눈길을 돌리거나 발길을 돌리면 언제든 마주할 수 있는 것들이다. 그들과 함께 각각의 이야기를 풀어보기를 희망해본다.

흔히 여행이라는 말에서 낭만을 떠올린다. 그러나 여행은 다른 행위들처럼 피곤한 일이다. 그래서 여행을 떠났다가 돌아올 때가 되면 빨리 집으로 돌아가 쉬고 싶다는 생각이 들게 마련이다. 떠날 때 부풀었던 마음은 이미 온데간데없다. 그래서 "여행은 돌아오기 위해 떠나는 것이다"라는 말에 절로 고개가 끄덕여진다.

그런데 막상 일상을 상징하는 집에 도착하면 지나온 길을 돌아보게 된다. 그 눈길은 떠나기 전에 여행지를 향해 던지던 흥분이 담긴 눈길이 아니라 아쉬움과 두고 온 것들에 대한 회한 또는 추억 등이 자꾸 어른거리는 탓에 조금은 축축함이 배어 있고 그래서 또 얼마쯤은 쓸쓸하기도 하다. 우리의 삶 또한 그렇지 않던가?

"우리는 길에서 태어나서 길에서 죽는다. 그저 별을 따라 갔을 뿐."

어느 철학자의 말이다. 이 말을 떠올리면 삶이 여행임을 새삼 몸 속 깊이 느끼게 된다. 그리고 짐을 꾸리고 밖으로 나가 별 하나를 찾아 떠 나고 싶어진다. 예수 탄생을 알린 베들레헴의 별처럼 우리 마음속에 어떤 별이 있어서 우리를 이끄는 것일까? 이제 그 별을 찾아야 할 때이다.

처　　음
만　나　는
세　　상

생가

집은 우주적인 공간이다. 이런 의미에서 태어나고 자란 집은 우리가 마음속 깊은 곳에 품고 있는 고향의 본원적인 이미지이다. 집을 가진 사람은 고향을 가진 것이다. 생가는 누구나 가질 수 있는 삶의 흔적이지만 쉽게 가질 수 없다.

고향의 의미

이정표를 보다가 누군가의 생가生家라는 표시가 적혀 있으면 망설이게 된다. 이정표에 생가가 표시되어 있을 정도면 교과서 어딘가에 등장하는 나름대로 이름이 있는 사람일 텐데……. 잠깐의 망설임 끝에 대개는 생가를 찾아간다. 그러나 생가는 늘 을씨년스럽다. 아이들과 함께라면 생가의 주인에 대해 대화를 나누기 위한 이야깃거리에 지나지 않고, 혼자라면 별 감흥 없이 한 바퀴 휙 돌아 나오는 게 일반적이었다. 기념관이라는 게 더러 있지만 새삼스러울 것이 없어서 그저 옆에 딸린 화장실이나 들르는 게 일이었다.

그런데 언젠가 겨울, 남양주에 있는 정약용의 생가에 들렀을 때 전혀 다른 느낌을 받았다. 그곳에 간 것이 처음도 아니어서 새삼스러울 것도 없었지만, 누군가 태어나서 힘차게 살다가 죽어간다는 것에 대한 생각이 겨울에 눈 위로 햇빛 쏟아지듯 주위를 가득 채웠다. 그날 정약용의 생가를 휘감고 지나가는 매서운 겨울 강바람 때문이었을지도 모르겠다. 그도 아니면 그 얼마 전에 세상을 떠난 분의 긴 그림자 때문이었을지도.

이후 생가에 대한 생각이 바뀌었다. 호랑이는 죽어서 가죽을 남기고 사람은 죽어서 이름을 남긴다는 말처럼 사람은 죽은 후에야 그 사람에 대한 올바른 평가를 내릴 수가 있다. 이런 의미에서 생가가 남아 있다는 것은 대단한 일이다.

　죽기 전에 자기가 태어났던 집에 찾아가 본 사람이 얼마나 있을까? 또한 찾아가 본다고 해도 그 집이 남아 있을 확률이 얼마나 될까? 설사 남아 있다고 해도 옛 모습 그대로 보존되어 있는 집이 있기나 할까? 시간은 늘 변화를 일으키고, 게다가 현대처럼 그 변화의 속도가 빠른 시대에 말이다.

　이런 의미에서 현대인에게 고향이라는 건 애초에 관념적인 이미지가 아닐까 생각된다. 또한 태어난 것도 이제는 병원이 대부분일 테고 말이다. 이렇게 생각하면 생가는 오히려 각별해진다. 어릴 때의 기억 가운데 집에 대한 기억이 많을 것이다. 뜰에 밤나무가 있고 비라도

진천 김유신 생가. 생가는 늘 을씨년스럽다. 그러나 호랑이는 죽어서 가죽을 남기고 사람은 죽어서 이름을 남긴다는 말처럼 사람은 죽은 후에야 그 사람에 대한 올바른 평가를 내릴 수가 있다. 이런 의미에서 생가가 남아 있다는 것은 대단한 일이다.

내리면 두꺼비가 엉금엉금 나타나던 어릴 때의 그 집은 아직도 생생하게 기억난다.

우주宇宙는 한자를 보면 집을 뜻한다. 집은 우주적인 공간이다. 이런 의미에서 태어나고 자란 집은 우리가 마음속 깊은 곳에 품고 있는 고향의 본원적인 이미지이다. 고향을 잃고 떠도는 현대인의 마음속에서 고향 하면 떠오르는 이미지가 바로 어린 시절을 보낸 집이다. 그런 집을 가진 사람은 고향을 가진 것이다. 생가는 누구나 가질 수 있는 삶의 흔적이지만 쉽게 가질 수 없다.

이제 덩그렇게 생가만 있거나 기념관이라고 해서 겨우 기념품이나 팔고 역사 교과서를 펼쳐놓은 듯한 그런 생가가 아니라 그곳에 가면 내 어릴 때 생각을 떠올리고 그래서 생가 주인의 어릴 때와 만나 이야기를 나눌 수 있는 곳이 되었으면. 이미 세상을 떠난 사람에 대한 기억도 중요하지만 나의 어릴 때 추억도 소중하다. 기억과 추억이 공존하며 시간과 공간을 아름답게 직조할 수 있는 그런 곳이었으면 하고 생각해본다.

봉평 주막 주모의 태몽

이효석의 소설 〈메밀꽃 필 무렵〉의 무대인 봉평에는 주막이 하나 있었는데 그날 주모는 매우 신비로운 꿈을 꾸었다. 용이 자기 품에 안겨드는 꿈이었다. 용이 품으로 날아드는 것은 필시 태몽일 텐데, 하늘을 봐야 별을 딸 노릇이었다. 주모가 하릴없이 사념에 빠져 있을 때 한 손님이 찾아들었다. 주모는 찬찬히 손님의 용모를 살펴보고 깜짝 놀랐다. 얼굴에 서기가 서려 있었던 것이다.

　주모는 주안상을 거나하게 차려서 손님의 방으로 들어갔다. 주모는 눈을 아래로 지그시 내리깔고 참으로 엉뚱한 제안을 했다. 하기는 남녀 사이에 그렇게 엉뚱할 일은 아니지만 어쨌든 손님은 난감해했다.

　손님은 율곡 이이의 아버지 이원수였다. 인천에서 벼슬을 하고 있었던 이원수는 며칠 말미가 생겨 처가에 다녀오기 위해 강릉으로 가는 참에 날이 저물어 찾아든 곳이 봉평의 주막이었던 것이다.

　봉평 주막의 주모는 자기와 하룻밤 깊고 너른 만리장성을 쌓자고 제안했다. 주모는 용을 자기 품에 안겨줄 사람이 그날 밤 자기 주막에 찾아든 이원수라고 믿었다. 주모는 어떻게 해서라도 그 꿈을 이루고 싶었다. 그러나 이원수는 매정하게 주모의 간곡한 청을 거절했다.

　한편 친척집에 가 있던 율곡의 어머니 신사임당도 주모와 같은 꿈을 꾸었다. 신사임당은 무엇인가 생각한 듯이 언니의 강한 만류를 뿌리치고 집으로 돌아왔다. 그리고 그날 밤 이원수는 처가에 도착했다.

　며칠 처가에 머문 이원수는 인천으로 돌아가는 도중에 다시 봉평 주막에 들렀다. 이원수는 능글맞게도 주모에게 지난번에 미룬 청을 들어주겠다고 말을 꺼냈다. 그러나 이번에는 주모가 일언지하에 이원수의 청을 거절했다. 주모는 며칠 전 이원수의 얼굴에 서기가 서려 있었지만 지금은 보이지 않으니 그 청을 받아들일 수 없다고 대답했다. 거절당한 이원수는 하릴없이 고개를 주억거릴 수밖에. 그런데 이 대목에서 주모는 무당이라도 된 듯이 이렇게 말했다.

　"아마 부인과 동침을 했다면 귀한 아들을 얻게 되실 겁니다. 다만 후환을 조심해야 합니다."

　기쁨과 걱정으로 후환을 막을 수 있는 방도를 묻는 이원수에게 주모는 밤나무를 천 그루 심으면 그 후환에서 벗어날 수 있다고 일러주었다. 과연 몇 년 후 험상궂게 생긴 중이 한 명 찾아와 시주를 청하면서 율곡의 얼굴을 한번 보자고 졸랐다. 이원수는 주모의 예언이 생각나 단호하게 거절했다. 중은 한참을 노려보더니 그럼 밤나무 천 그루를 시주하면 율곡을 살려주겠다고 말했다. 주모의 예언에 새삼 놀라워하며 이원수는 중에게 뒷동산에 심어둔 밤나무 천 그루를 시주했다. 그러나 큰일이 벌어졌다. 천 그루 가운데 한 그루가 그만 썩어서 자라지 못했던 것이다. 이원수가 어찌할 바를 모르고 당황하고 있을 때 숲 저쪽에서 "나도밤나무"라는 소리가 들려왔다. 그 소리를 들은 중은 호랑이로 변해서 도망쳤다고 한다. 이렇듯 사람이 한 명 태어나기 위해 참 많은 일들이 일어난다.

참, 율곡의 생가는 모두 아는 것처럼 강릉에 있는 오죽헌이다. 정작 이야기의 중심에 놓여 있는 봉평에는 〈메밀꽃 필 무렵〉을 쓴 소설가 이효석의 생가가 있다.

생가 가는 길

이이의 생가인 강릉 오죽헌이라 하면 율곡 이이와 그의 어머니 신사임당을 떠올린다. 그렇게 생가에는 힘이 있다. 그 힘은 생가의 주인을 생각하게 만들고 그로 해서 내가 경험하지 못한 것들을 깊은 웅덩이처럼 만들어낸다. 그건 정서적인 것만 있는 건 아니다. 역사에 대한 전체적인 이해를 도와준다. 그래서 생가를 통해 만나는 역사는 생생할 수밖에 없다.

예를 들면, 《홍길동전》을 쓴 허균의 생가는 속초에 있다. 허균은 누이 허난설헌과 함께 조선시대를 대표하는 문인이었다. 그러나 허균은 능지처참을 당했고, 허난설헌은 원만하지 못한 결혼생활에 딸과 아들을 돌림병으로 연이어 잃고 뱃속의 아이마저 유산하고 말았다. 지독한 고통이었을 것이다. 허난설헌은 서른도 넘기지 못하고 세상을 떠났다.

　그런데 두부 좋아하는지? 그렇다면 초당두부에 대해 들어보았을 것이다. 강릉 초당에서 만드는 두부가 초당두부인데 초당은 단순히 지명일까? 그렇지 않다. 허균의 아버지 허엽의 호가 바로 초당이다. 강릉에서 우리는 늘 이율곡과 신사임당만 떠올리기 쉽지만 그에 못지않은 조선시대의 남매 콤비인 허균과 허난설헌의 자취도 찾아볼 수 있다.

　《홍길동전》을 지은 허균의 호는 교산蛟山이다. 교산의 '교蛟'는 용이 되지 못한 이무기를 가리킨다. 허균이 자신의 호를 교산이라고 지은 것은 그의 생가와 연관이 있다. 허균의 생가는 현재에는 없고 그를 기리는 비와 생가 터가 남아 있다. 경포호를 감싸고 있는 도로를 따라 북쪽으로 가다보면 낮은 산을 하나 만나게 되는데 그곳에 허균의 생가 터가 있다. 산의 모양이 이무기처럼 구불구불한 모습을 하고 있어 교산이라는 이름을 얻은 산이다. 허균은 자신의 호처럼 끝내 용이 되지 못했다. 허균은 광해군 10년에 역모를 모의했다는 이유로 사형을 당했다. 집안까지 풍비박산이 나고 말았다.

　현대에 들어 또 한 명의 불운한 작가가 있다. 한동안 그의 이름조차 거론할 수 없을 정도였다. 일제강점기에 발표된 소설 가운데 백미로 꼽히는 《임꺽정》을 쓴 벽초 홍명희가 바로 그분으로, 한국전쟁 때 월북한 작가이다. 홍명희는 당시 최남선, 이광수와 더불어 삼대 문인으로 불리던 사람이지만 북한으로 간 탓에 그에 대한 평가와 인지도가 여전히 낮다.

홍명희의 고향은 충청북도 괴산이다. 괴산은 중부내륙고속도로의 개통으로 훨씬 쉽게 찾아갈 수 있게 되었다. 그런데 임꺽정이 활약한 주요 무대 가운데 하나가 괴산에서 가까운 경기도 안성이다. 작품 속에서 임꺽정의 스승이며 생불로 불렸던 승려 갓바치가 세상을 떠난 칠장사도 안성에 있다.

당시 안성은 일본 제국주의가 조선 상인들의 상권을 무너뜨리기 위해 허허벌판인 대전에 철도역을 건설해서 물류를 장악하기 전까지 내륙 물류의 중심지였던 곳이다. 몰지각한 사람들은 일제강점기에 철도를 부설해주었다고 높이 평가하기도 하지만 일본이 철도를 놓은 것은 수탈을 용이하게 하기 위함이고 당시 물류의 중심지인 안성이나 경강을 굳이 피한 것은 조선 상인들의 힘을 약화시키기 위함이었다.

일본은 일제강점기뿐만 아니라 임진왜란 때에도 이 땅을 유린했다. 많은 의병들이 일본군에게 저항했지만 저항의 상징은 여자의 몸으로 왜장과 함께 진주 남강에 몸을 던진 논개가 아닐까 한다.

흔히 논개가 진주 촉석루에서 왜장과 함께 남강으로 몸을 던졌다는 이유로 진주 출신일 것으로 생각하기 쉽지만 논개는 전라북도 장수 출신으로 장수에 생가가 있다. 하지만 논개는 죽어서도 편하지 않다. 논개의 영정이 친일 화가인 김은호의 작품이라 해서 결국 떼어내는 것으로 일단락 지어졌다. 임진왜란 때 왜장과 함께 죽은 논개의 영정을 일제강점기 때 친일을 했던 화가가 그렸고, 그 영정이 수십 년 동안 걸려 있었다는 것은 쓸쓸한 일이 아닐 수 없다.

생가와 우리의 삶

그리스 여행을 갔다가 배를 타고 크레타 섬에 들렀을 때, 그리스 현대문학의 아버지로 불리는 카잔차키스Nikos Kazantzakis의 생가를 찾은 적이 있다. 꽃들이 피어 환하게 보이는 골목 안에 숨어 있는 작은 집이었다. 학교 다닐 무렵 한때 카잔차키스를 열심히 읽은 적이 있던 터라 감회가 남다를 수밖에 없었다. 20대 초반에 마음을 흔들고 영혼을 이끈 작가가 글을 쓰고 살았던 곳이다.

　작지만 꽃들로 둘러싸인 예쁜 집이었다. 그곳에서 이국 청년들의 마음을 사로잡고 내밀한 영향을 미친 글들이 태어났다. 물론 생가가 그렇듯이 대단한 볼거리가 있을 리 없다. 그럼에도 크레타에 들른 많은 여행객들이 카잔차키스의 생가를 여행 코스에 넣는 것은 단지 그가 그리스를 대표하는 작가이기 때문만은 아닐 것이다. 카잔차키스의 표현을 빌리면 심장 한구석에 그의 문장이 만들어낸 영혼의 상처가 있기에 카잔차키스가 꿈꾸고 세상을 만났던 크레타로 모여드는 것이다.

　이제 여행을 하다가 그다지 볼 것 없는 생가를 만나게 되면 잠깐

들러서 그 집의 주인과 우리의 삶을 마주하게 해보자. 위대할 것 하나 없는 우리의 삶이지만 그 마주침을 통해 사소한 의지라도 키울 수 있을지도 모른다.

서해안 고속도로에서 안면도로 들어가는 길에 일제강점기와 몸으로 부딪쳐 싸웠던 김좌진 장군과 만해 한용운 선생의 생가를 알리는 이정표가 나란히 적혀 있는 간판을 만날 수 있다. 안면도는 말 그대로 '편안하게 잘 수 있는 섬'이다. 그 휴식이란 것을 평온한 수평선을 긴 눈으로 바라보며 얻을 수도 있겠지만 여기에 더해 세상에 큰 이름을 내고 그 작은 흔적인 생가를 남긴 분들을 함께 떠올리는 것도 좋지 않을까. 그래서 자연스레 서해안의 긴 갯벌로 오고가는 밀물과 썰물처럼 이 땅에 오는 것과 이 땅을 떠나는 것까지 생각이 이어질 수 있다면 제법 멋진 여행이 되지 않을까 생각해본다.

가볼 만한 생가

● 정약용(1762-1836) 생가

경기도 남양주 능내리에 있으며 생가와 묘소가 한곳에 있다. 정약용은 조선 후기를 대표하는 학자이다. 북한강 인근에 있어서 경치가 좋다.

● 이항로(1792-1868) 생가

조선 후기를 대표하는 학자. 이항로의 생가는 경기도 양평군 서종면에 있으며 200년이 넘은 집이다. 정약용 생가와 이항로의 생가는 북한강을 따라 난 아름다운 길로 이어져 있다.

● 명성황후(1851-1895) 생가

흔히 민비로 불리는 조선 말 고종의 왕비. 명성황후가 16세 때까지 살았던 생가(경기도 여주시 명성로 71)는 여주 나들목에서 매우 가깝다.

● 이건창(1852-1898) 생가

영재 이건창은 조선 말기의 뛰어난 학자로 집안 학문인 양명학을 계승했다. 이건창의 생가는 강화도에 있고 인근에 그의 묘소가 있다.

강화 이건창 생가 현판(왼쪽), 강화 이건창 생가(아래)

● 허균(1569-1618) 생가

《홍길동전》으로 유명한 조선 중기의 학자. 현재 생가는 없고 생가 터만 남아 있다. 생가 터에는 그의 호를 딴 교산 시비가 있다. 강원도 강릉 사천면에 생가 터가 있다.

● 이효석(1907-1942) 생가

〈메밀꽃 필 무렵〉이라는 아름다운 소설을 남긴 현대작가. 생가 터는 소설의 배경이 된 강원도 평창 봉평면에 있다. 가을이면 메밀꽃이 피고 저마다 가슴에 메밀꽃 한 송이 얻기 위해 많은 사람들이 평창을 찾는다.

● 한용운(1879-1944) 생가

만해 한용운은 승려, 독립운동가, 시인 등 다양한 얼굴을 갖고 있다. 어두운 시대를 살아가면서 스스로 빛이 되어 세상을 밝혔다. 충청남도 홍성에 생가가 남아 있다.

● 김좌진(1889-1930) 생가

청산리 전투와 김두환의 아버지로 알려져 있는 독립운동가. 서해안 고속도로에서 안면도로 들어가는 길에 있으며 멀지 않은 곳에 한용운의 생가가 있다. 충청남도 홍성 소재.

● 신동엽(1930-1969) 생가

김수영과 함께 1960년대를 대표하는 시인. 〈껍데기는 가라〉, 〈금강〉 등의 대표작이 있다. 특히 〈금강〉은 동학농민전쟁을 배경으로 한 민족혼을 노래한 장편 서사시이다. 충청남도 부여군 부여읍 소재.

● 이병기(1891-1968) 생가

가람 이병기는 시조시인이며 국문학자이다. 조선어학회 사건으로 투옥되는 등 한글을 지키기 위해 노력했다. 생가는 전라북도 익산 소재.

● 김영랑(1903-1950) 생가

모란을 노래한 시인으로 유명한 김영랑의 생가는 전라남도 강진에 있다. 인근에 다산초당과 윤선도 고택인 녹우당, 백련사 등 볼 곳이 많다.

● 신돌석(1878-1908) 생가

일제강점기 때 농민 의병장으로 유명한 신돌석의 생가는 경상북도 영덕에 있다. 13도 의병이 서울로 진격하기로 했을 때 평민이라는 이유로 배제되었지만 굴하지 않고 의병 활동을 했다.

삶의　　　의

길　　　을

안 내 한 다

장승과
벅수

장승의 주된 역할은 이정표이다. 집을 나와 어디로 가야 할지 모를 때 장승에게 길을 물으면 된다. 길을 알려준다는 것은 올바른 길로 인도한다는 뜻이다. 올바른 안내를 위해서는 바른 마음이 필요하다. 햇볕이 따스한 날 장승을 마주하고 묻는다. 나는, 우리는 어디로 가야 하냐고?

길 안내자 돌장승

전라남도 보성의 해평리에 있는 돌장승을 보러 갔을 때 지도의 안내대로라면 보여야 할 장승이 보이지 않았다. 하는 수 없이 차를 길가에 세웠다. 주위를 살펴보자 길에서 벼를 말리는 할머니의 뒷모습이 눈에 들어왔다. 다가가 말을 걸자 놀란 표정도 없이 고개를 들고 그날의 맑은 날씨처럼 웃으며 돌장승은 뭐 하러 찾느냐고 물었다. 막상 질문에 대답할 말이 궁색해서 함께 웃고 말았다.

할머니는 무엇이 좋은지 연신 웃으며 손가락을 들어 골목 하나를 가리켰다. 고맙다고 인사를 하는 내 머리 위로 다시 한 번 웃음소리와 함께 '돌장승을 왜 찾을까' 하는 혼잣말이 들려왔다. 일러준 대로 골목으로 접어들자 길가에 한 쌍의 돌장승이 서로 마주보며 서 있는 게 보였다. 들어가면서 볼 때 오른쪽이 여장승이고 왼쪽이 남장승이다. 남쪽의 장승이 그렇듯이 퉁방울눈에 주먹코, 굳은 입 매무새가 여간 단단한 게 아니어서 편안한 가운데 신성함이 느껴진다.

안내를 보면 원래 이 한 쌍의 돌장승은 마을 뒤에 있는 개흥사開興寺 입구에 있던 것인데, 바닷길의 안전과 액막이를 위해 마을 장승이 되었다고 한다. 여장승의 뒤에는 돌담이 쳐져 있고 앞으로는 낮은 철제 담이 에워싸고 있다. 남장승은 그냥 철제 담에 갇혀 있다. 장승의 뒤쪽에는 당산나무가 짙은 그림자를 드리우고 있었다.

해평리 장승. 남쪽의 장승이 그렇듯이 퉁방울눈에 주먹코, 굳은 입 매무새가 여간 단단한 게 아니어서 편안한 가운데 신성함이 느껴진다.

장승의 주된 역할은 이정표이다. 집을 나와 어디로 가야 할지 모를 때 장승에게 길을 물으면 된다. 그러니까 길 안내를 하는 도우미였던 것이다. 길을 알려준다는 것은 내비게이션처럼 길을 알려주는 것이 아니라 올바른 길로 인도한다는 뜻이다. 올바른 안내를 위해서는 바른 마음이 필요하다. 그래서 장승은 투박하기는 해도 무섭게 생기지 않았다. 간혹 길에서 무섭게 생긴 장승을 본다면 그 장승은 잘못 만들어진 것이다. 우리 문화는 위협하고 공포 분위기를 조성해서 강제하는 문화가 아니다.

우리 문화에서 길의 안내자로는 삼신할미, 저승사자 등도 있었다. 삼신할미는 태어나는 길을 안내하고 저승사자는 죽어 돌아가는 길의 안내를 맡았다. 그리고 장승은 우리 삶의 길 안내를 맡았다. 그래서인지 뭐 때문에 돌장승을 보러 다니는지 모르겠다는 해평리 할머니의 혼잣말이 자꾸 맴돈다. 그건 우리가 삶의 방향을 잃었기 때문은 아닐까 하는 생각이 들었기 때문이다.

지금은 다양성의 시대라고 한다. 많은 갈래의 기회와 가능성이 있다는 말이지만 그 스스로 선택할 힘과 의지가 없다면 오히려 혼란스러울 수도 있다. 좀 비약해

장승의 주된 역할은 이정표이다. 집을 나와 어디로 가야 할지 모를 때 장승에게 길을 물으면 된다.

서 말하면 매년 마을에서 동제洞祭를 지내고 장승을 새로 깎아 세우는 것은 삶의 방향을 잃지 않기 위함이었을까? 내가 가야 할 길, 우리가 가야 할 길을 매년 확인하고 길을 잃지 않기 위한 의례가 아니었을까?

햇볕이 따스한 날 장승을 마주하고 묻는다. 나는, 우리는 어디로 가야
하냐고?

변강쇠와 옹녀

판소리 가운데 아주 독특한 작품이 하나 있다. 바로 〈변강쇠가〉로 〈가
루지기타령〉이라고도 부른다. 〈변강쇠가〉에는 변강쇠에게 분노하는
장승들의 이야기가 나온다. 장승들이 분노한 것은 변강쇠가 땔감으로
장승을 뽑아 썼기 때문이다. 장승이 뽑혀나간다는 것은 길을 안내하는
이정표가 사라지는 것이고 사회에서 삶의 방향타가 사라지는 것을 의
미한다. 그건 또한 삶의 이정표를 뒤흔든 변강쇠를 징벌하는 이야기이
기도 하다.

그래서 〈변강쇠가〉는 매우 특별하다. 질펀한 성을 소재로 하면서
도 함께 사는 사회, 즉 공동체가 어떠해야 하는가에 대해 날카롭고 통
렬한 시각으로 이야기를 풀어가기 때문이다. 오늘날 우리 사회, 우리
공동체는 방향을 잃고 침몰의 위기에 처해 있기에 그 의미는 더욱 각
별하다. 〈변강쇠가〉의 이야기는 이렇다.

평안도 월경촌에 옹녀라는 여자가 살았다. 열다섯 살에 시집을 갔
지만 남편이 죽고 스무 살까지 다섯 번의 결혼을 했지만 모두 병에 걸

려 죽거나 심지어는 벼락을 맞고 죽기도 했다. 그뿐만 아니라 옹녀와 입을 맞추거나, 심지어는 손 한번 만져본 남자까지 모두 죽어나갔다. 그래서 옹녀가 사는 월경촌의 인근 30리에는 상투 튼 어른은 고사하고 열다섯 살 이상 된 남자가 하나도 남아 있지 않았다.

이런 일이 생기자 평안도와 황해도에서 작당을 했다. 옹녀를 그냥 두었다가는 평안도와 황해도가 여자들만 사는 여인국이 될지도 모른다고. 그래서 다른 지방으로 쫓아내기로 했다. 옹녀는 남도로 쫓겨 내려갔다.

한편 비슷한 이유로 남도에서 쫓겨난 변강쇠가 있었다. 변강쇠는 북쪽으로 향하다가 남쪽으로 내려오던 옹녀와 딱 마주쳤다. 변강쇠는 옹녀에게 수작을 걸었고 둘은 서로가 천생배필임을 확인했다. 이쯤에서 서로 잘살았다면 더 이상 남자들이 희생되지 않아도 되었겠지만 변강쇠는 천하의 몹쓸 놈이었기 때문에 이야기는 이어진다.

둘은 세상을 떠돌면서 살았는데 옹녀가 이런 일 저런 일을 해서 돈을 벌면 변강쇠가 노름으로 모두 날리는 데다가 싸움을 일삼기까지 했다. 옹녀는 견디다 못해 변강쇠에게 깊은 산 속에 가서 살자고 제안했다. 변강쇠 또한 남자들이 옹녀에게 추파를 던지는 게 못마땅했던 터라 선선히 그리 하기로 했다. 둘은 지리산 깊은 곳에서 아무도 살지 않는 폐가를 구해서 살았다.

하루는 옹녀가 변강쇠에게 나무를 해오라고 시켰다. 변강쇠는 평소 하던 대로 실컷 잠을 자다가 장승을 하나 뽑아서 집으로 돌아갔다. 옹녀는 장승을 원래 있던 자리에 도로 꽂아두고 오라고 일렀지만 변강 쇠는 오히려 도끼를 들고 장승을 토막 내 군불로 땠다.

장승은 곧장 장승의 우두머리에게 이 사실을 고했다. 팔도의 장승 들은 여러 궁리를 한 끝에 각각의 장승들이 변강쇠에게 병을 하나씩 안겨주는 벌을 내렸다. 변강쇠는 어디 하나 성한 곳이 없었다. 세상에 있는 만 가지 병이 변강쇠의 몸을 파고들었다. 옹녀는 의사를 불렀지 만 그도 고개를 저었다. 변강쇠는 옹녀의 근처에 얼씬하는 남자는 모 두 급살을 맞아 죽을 것이라는 유언을 남기고 세상을 떠났다.

옹녀는 슬픔과 한탄이 섞인 곡을 했다. 마침 지나가던 중이 그 소 리를 듣고 찾아와 옹녀의 사연을 들은 다음 자기가 송장을 치워줄 테 니 같이 살자고 했다. 그러나 송장을 치우러 들어간 중은 방으로 들어 가 합장한 자세로 저 세상으로 갔다. 이렇게 옹녀의 자태에 반해 송장 을 치워주고 함께 살던 남자 여덟이 급살을 맞고 죽었다. 서울에서 종살이 하는 남자가 겨우 송장을 치우기는 했으나 옹녀의 손길을 뿌리 치고 달아나고 만다. 그렇게 목숨을 건진 것이다. 패악을 일삼던 변강 쇠는 장승의 분노로 병에 걸려 죽고 세상 남자들의 관심을 받던 옹녀 는 이제 아무도 관심을 주지 않는 여자가 되고 말았다.

장승배기의 어원

장승이 무엇인지 모르는 사람은 없겠지만 그 설명이 또한 쉽지만은 않다. 장승은 얼핏 보면 무섭다고 느낄 수도 있다. 장승의 일반적인 생김새를 보면 눈이 불거져 나왔고 주먹코에 이를 드러내고 있다. 보지는 못했지만 도깨비의 얼굴이 이렇지 않을까 하는 생각이 든다. 그러나 장승을 보고 무섭다는 생각이 들었다면 그 장승은 잘못 만들어진 것이다. 왜냐하면 장승은 무서운 얼굴이 아니기 때문이다. 장승은 바로 우리들의 모습이다.

옛 사람들은 삶의 아픔과 기쁨을 함께할 신을 찾았고 그 하나가 장승이다. 따라서 장승은 예술적인 아름다움은 없지만 보통 사람들의 평범함이 깃들어 있다. 그러니까 무서울 까닭이 없다.

그렇다면 장승을 왜 세웠을까? 장승은 주로 마을로 들어가는 입구에 세워져 있다. 그것은 장승이 길을 알리는 이정표의 역할을 하고 있기 때문이다. 또 하나 장승의 주된 역할은 마을을 지키는 수호신의 역할이다. 장승은 마을 입구에 버티고 서서 마을로 들어가는 나쁜 기운이나 힘을 막아내는 일을 했다. 이때 장승은 신앙의 대상이 되는 신이다.

좀 더 자세히 살펴보면 장승은 움직이지 않고 가만히 서 있으면서도 참으로 많은 일을 한다는 것을 알 수 있다. 마을을 지키는 것은 물론이고 재앙이나 질병으로부터 마을을 보호하고 마을과 바깥 사이의 경계, 행정 구역을 위한 이정표, 심지어는 아들을 낳기 위한 기도의 대상이 되기까지 한다.

장승은 주로 돌이나 나무로 만들어진다. 나무로 만든 장승은 일정 시간이 지나면 새로 만들어 세운다. 장승을 세울 때 대개는 남녀 한 쌍을 마주보게 해서 세운다. 이럴 때 남자의 몸에는 '천하대장군', 여자의 몸에는 '지하대장군'이라는 이름이 새겨진다.

장승이라는 이름에는 여러 설명이 있지만 원래 장승의 이름은 벅수였다. 장승이라는 말은 장생에서 왔다. 장생이 영생을 뜻하는 불로

장승. 옛 사람들은 삶의 아픔과 기쁨을 함께할 신을 찾았고 그 하나가 장승이었다. 따라서 장승은 예술적인 아름다움은 없지만 보통 사람들의 평범함이 깃들어 있다. 그러니까 무서울 까닭이 없다.

장생不老長生이란 말의 장생을 따왔다고도 하지만, 원래는 여러 마을을 찾아오는 중국의 역귀를 쫓아내는 노표路標를 장생이라고 불렀다. 장생은 점차 발음이 쉬운 장승으로 변했다. 조선 말기에 들어서면서 노표는 사라졌지만 그 이름은 사라지지 않았다. 장승배기나 장성고개는 장생에서 온 말이다. 한편 남쪽 지방에서는 아직도 벅수, 법수라고 불리며 하르방(제주도), 수살, 돌미륵, 신장 등의 이름으로도 불린다.

이 가운데 법수 또는 벅수는 고대의 신선사상과 맞닿아 있다. 옛 사람들은 세상에 어려움이 닥치면 불교의 미륵이나 고대 샤머니즘에 기원을 둔 선인仙人이 나타나 구원해줄 것으로 믿었다. 그 선인을 나무나 돌에 새겨서 세워놓고 선인이 지닌 능력으로 마을이나 일정한 곳을 지켜달라는 염원을 실었다. 그것이 법수 또는 벅수의 기원이다. 세월이 흐르면서 그 유래가 잊히고 생활 주위에 있는 하위 신으로 받아들여졌던 것이다.

생활 속의 장승

사회는 점점 발전하고 있다고 한다. 그러나 주위를 둘러보면 예전에 누렸던 많은 즐거움과 행복들이 어디론가 사라지고 없다. 지금은 늘 바쁘게 일을 해야 하는 시대이다. 마을 앞 큰 나무가 만들어준 그늘 아래에서 낮잠을 자거나 책을 읽을 수 있는 시대가 아니다. 과연 사회가 발전하고 있는 것일까? 그 한가로움은 어디로 갔을까?

길을 다니다가 장승을 만나면 우선 반갑다. 제자리를 찾아온 듯한 편안한 느낌이 드는 탓이다. 보이는 길이야 지도를 보고 찾으면 되지만 보이지 않는 길을 잃었을 때 장승에게 묻고 싶다.

요즘 곳곳에 장승공원이라고 해서 장승들이 떼로 지어 있는 곳도 있다. 그런데 무리지어 있는 장승들을 보면 변강쇠를 징벌하기 위해 모여든, 그래서 분노해서 와글와글 떠들어대는 장승들이 떠오른다. 장승은 떼로 지어 있기보다는 남녀가 서로 마주보고 있는 모습이 가장 좋은 게 아닐까? 장승이 무리지어 있으면 그들의 소중함이 사라지고 장승이 지닌 신성함이 줄어드는 느낌이 들기 때문이다.

언젠가 더운 여름날 전라남도 화순에 있는 불회사를 찾았다가 절 입구에서 장승 한 쌍을 보았다. 돌로 만든 할아버지와 할머니 장승이었다. 특히 웃음을 띠고 있는 할머니 장승은 보고 있으면 나도 모르게 웃음이 나올 듯하다. 어릴 적 여름방학 때 찾아간 할머니의 모습이 떠오른다.

우리나라에는 불회사의 장승처럼 절을 지키는 장승이 많다. 길을 지키고 절을 지키는 장승이 많이 있듯이 도시를 지키는 장승을 많이 볼 수 있다면 좋겠다. 삭막한 도시에 가로수를 심는 것도 좋지만 곳곳에 장승을 세우면 좋겠다. 한곳에 장식용으로 세우기보다 장소마다 자

화순 불회사 돌장승. 우리나라에는 불회사의 장승처럼 절을 지키는 장승이 많다. 특히 웃음을 띠고 있는 할머니 장승은 보고 있으면 나도 모르게 웃음이 나올 듯하다.

기 역할을 가진 장승을 세우면 보는 것만으로도 흐뭇한 미소가 피어오를 듯하다. 민속이나 전통이 아닌 생활 속의 장승 말이다. 앞으로 도심에서 장승을 자주 만날 수 있기를 희망해본다.

외암리의 장승과 솟대

사실 장승만을 따로 보기 위해 여행을 갈 수는 없는 노릇이다. 그저 길을 가다가 눈에 띄면 차에서 내려 만나면 된다. 또 하나 절 앞에 불법佛法을 수호하기 위해 세운 장승이 많다. 절과 함께 살펴보는 것도 좋을 것이다. 그리고 나무로 만든 장승은 영구적이지 않다. 일정한 기간마다 새로 만들어야 하는데 점점 예전만 못하다는 생각이 든다. 외암마을의 장승과 솟대를 보러 가는 길은 한적하고 아름답다. 길을 따라 가다보면 만나는 장승과 솟대, 마을을 지키는 모습이 기운차다.

외암마을 풍경

외암마을 장승과 솟대

하 늘 에
비 는
높 은
기 원

숫대

해가 저물 무렵 또는 새벽녘에 솟대를 보라. 먼 하늘 너머와 비밀스러운 교신을 하는 듯한 느낌을 준다. 그래서 솟대를 보면 깊은 곳에 숨겨둔 희망을 몰래 솟대에 전하고 싶어진다.

솟대의 의미

저녁 어스름에 하늘을 배경으로 솟대가 서 있는 모습은 아름다움을 넘어서 신비로움까지 느끼게 한다. 그건 솟대 위에 앉은 새가 당장이라도 날개를 펴고 까마득한 하늘로 날아갈 듯이 날렵하고, 새를 지탱하고 있는 장대는 너무 가늘어 작은 바람에도 흔들리거나 꺾일 듯 불안한 느낌을 주기 때문일까?

우리나라에서 가장 유명한 솟대는 강릉에 있다. 진또배기라고 불리는 강릉의 솟대는 그 인근 가로등이나 건물 곳곳에 솟대로 장식되어 있을 정도로 유명하다. 이 떠들썩한 솟대 지역에서 정작 주인공인 진또배기는 공터 한구석에 서 있을 뿐이다.

솟대를 바라보기 위해서는 고개를 높이 들어야 한다. 점차 멀리서 바라보면 된다는 것을 알면서 목이 덜 아프게 되었지만…….

솟대는 말 그대로 나무나 돌로 만든 새를 긴 장대나 돌기둥 위에 얹은 것을 가리킨다. 솟대는 주로 마을 입구에 세워져 있는데, 솟대를 세우는 것은 마을의 평화와 풍요를 빌기 위함이었다. 또한 마을 입구에 솟대를 세우는 것은 마을과 바깥 공간을 분리하고 바깥에서 들어올 수 있는 부정함을 막기 위함이었다.

그런데 솟대는 세월이 지나면서 원래 성격이 다른 장승과 함께 세워지는 일이 많아졌다. 그것은 사람들이 마을의 큰일보다는 개인적인

강릉 진또배기. 장승이 수평으로 난 길을 이어주고 알려주는 이정표의 역할을 한다면 솟대는 또
다른 길인 땅과 하늘을 잇는 수직의 길을 상징한다. 솟대는 보이지 않는 영혼의 길을 안내한다.
그래서 시베리아 무당이 하늘로 여행을 떠날 때는 오리처럼 분장을 했다.

작은 일을 솟대나 장승에게 빌게 되면서 신앙의 공통된 성격으로 인해 솟대와 장승이 함께 묶이게 된 듯하다. 그리고 지금에 와서는 둘의 차이가 불분명해졌다.

그러나 솟대와 장승은 다르다. 장승이 수평으로 난 길을 이어주고 알려주는 이정표의 역할을 한다면 솟대는 또 다른 길인 땅과 하늘을 잇는 수직의 길을 상징하기 때문이다. 장승이 보이는 길을 안내한다면 솟대는 보이지 않는 영혼의 길을 안내한다. 그래서 시베리아 무당이 하늘로 여행을 떠날 때는 오리처럼 분장을 했다. 다른 말로 하면 장승이 길과 길 그러니까 사람과 사람을 이어주는 역할을 했다면 솟대는 땅과 하늘 그러니까 사람과 하늘을 이어주는 역할을 했다.

한국의 홍수신화

솟대는 하늘과 땅을 이어주는 우주나무를 상징한다. 우주나무가 있는 곳, 그곳이 세상의 중심이다. 이렇듯 중심이 되는 나무는 하늘과 맞닿아 있다. 나무를 타고 올라가면 하늘에 닿는다는 생각은 신화뿐만 아니라 전해져 내려오는 세상의 많은 이야기에서도 쉽게 찾아볼 수 있다.

단군신화에서 환웅이 하늘에서 내려와 신시神市를 건설한 곳에 있던 신단수神壇樹는 우주나무이다. 곰에서 사람이 된 웅녀가 아이를 낳고 싶다고 빌었던 곳이 신단수였다. 북유럽 신화에서 세상을 감싸고 있는 거대한 물푸레나무인 이그드라실Yggdrasil도 우주나무이다. 뿐만 아니라 이집트의 상징인 오벨리스크도 우주나무를 상징화한 것이다. 그리고 지금도 우리가 여행을 하다가 만나게 되는 마을 앞의 당산나무라 불리는 큰 나무도 우주나무다. 우주나무의 이야기를 하나 살펴보자.

먼 옛날 신성한 나무 한 그루가 있었다. 나무가 얼마나 큰지 위로는 하늘에 닿을 듯했다. 이 나무는 아주 오래 살았기 때문에 신처럼 세상에서 일어나는 일에 대해서도 잘 알고 있었다. 어느 날부터인지 하늘에 사는 아름다운 선녀 하나가 이 아름답고 큰 나무를 사랑해 자주 찾아왔고 어느덧 나무도 사랑하게 되었다. 그리고 얼마 후 선녀는 아이를 낳았다. 나무와 선녀 사이에 아이가 태어난 것이다.

아이는 아버지의 출신 내력 때문인지 목도령이라는 이름을 갖게 되었다. 선녀는 곧 닥쳐올 세상의 위기를 알고 있었기 때문에 목도령을 나무에게 맡기고 하늘로 올라갔다. 그리고 오래 지나지 않아서 갑자기 하늘에 검은 먹구름이 밀려오고 비가 쏟아지기 시작했다. 세상을 온통 물로 뒤덮는 대홍수가 일어난 것이다.

많은 사람들이 죽어갔고 신성한 나무도 비바람을 이기지 못하고 쓰러졌다. 목도령은 쓰러진 아버지의 몸에 올라탔다. 목도령을 태운 나무는 정처없이 물 위를 떠다녔다. 목도령은 도중에 물 위에서 허우적거리는 모기 떼와 개미 떼를 보고 구해주었다.

어느 날 한 아이가 물 위에 떠 있는 것을 보았다. 목도령은 손을 뻗어 아이를 구해주려고 했지만 아버지인 나무가 반대해 구해주지 못했다. 얼마 후 또 다른 아이를 만났다. 이번에도 아버지인 나무가 반대했지만 목도령은 너무 불쌍해 그 아이를 구해주었다. 아버지는 훗날 후회할 일이 생길 것이라고 말했지만 목도령은 듣지 않았다.

모기 떼와 개미 떼, 그리고 목도령과 아이를 태운 나무는 한 섬에 도착했다. 원래는 높은 산의 꼭대기였지만 세상에 물이 차면서 섬이 된 것이었다. 모기 떼와 개미 떼는 고맙다는 말을 하고 어디론가 사라졌다.

섬에는 노파와 여자아이 둘이 살고 있었다. 노파의 딸과 하녀였다. 목도령과 아이도 그 집에서 함께 살게 되었다. 세상에 남은 사람은 여자아이 둘과 남자아이 둘, 그리고 노파를 포함해 모두 다섯이었다. 다른 사람들은 모두 물속에 잠겨 죽고 말았다. 얼마 후 세상의 물이 빠지자 다섯은 산을 내려와 좋은 곳에 자리를 잡고 살았다.

세월이 지나 여자아이들은 처녀가 되었고 남자아이들은 청년이 되었다. 결혼을 해야 할 때가 된 것이다. 그러나 남자아이 둘은 모두 노파의 딸과 결혼하고 싶어 했다. 어쨌든 빨리 결혼을 해서 많은 아이를 낳아야 했다. 노파는 누구를 사위로 삼아야 할지 고민스러웠다.

어느 날 목도령이 없을 때 다른 남자아이가 노파에게 목도령은 좁쌀과 모래를 섞어도 구별할 수 있는 능력이 있다고 거짓말을 했다. 노파는 신기해하면서 좁쌀과 모래를 섞어 목도령에게 나눠보라고 했다. 목도령은 난처했다. 아버지가 아이를 구해주지 말라고 했던 말이 생각났다. 그러나 이미 엎질러진 물이었다.

그때 어디선가 나타난 개미 떼가 좁쌀과 모래를 나누어놓았다. 노파는 목도령의 능력을 보고 깜짝 놀랐다. 노파는 딸을 목도령과 결혼시키고 싶었다. 그러나 다른 남자아이가 맹렬하게 반대했다. 노파는 하는 수 없이 두 방에 여자아이들을 넣어두고 방을 고르라고 말했다.

두 남자는 고민했다. 어느 방에 노파의 딸이 들어 있는지 알 수 없었다. 그때 모기 떼가 나타나 목도령의 귀에 대고 동쪽 방으로 들어가라고 알려주었다. 동쪽 방에 노파의 딸이 있었던 것이다. 이렇게 해서 목도령은 노파의 딸과 결혼을 할 수 있었고 세상은 다시 사람들로 채워졌다. 이 이야기는 한국의 홍수신화로 우주나무의 정기를 받고 태어난 아이가 대홍수에서 살아남아 다시 인류를 이어주는 역할을 맡았다. 이 이야기는 한국의 홍수신화로, 우주나무의 정기를 받고 태어난 아이가 대홍수에서 살아남아 다시 인류를 이어주는 역할을 한 이야기이다.

솟대 위의 오리

솟대 위에는 대개 오리가 앉아 있다. 지방에 따라 까마귀나 독수리가 되기도 하지만 대부분은 오리라고 생각한다. 솟대를 만드는 재료는 소나무나 참나무 또는 오리나무 등을 쓰는데 이때 나무는 반드시 마을의 강 건너에서 베어온 나무를 쓴다.

나무를 구하기 위해 굳이 강물을 건너는 것은 솟대가 농경문화와 결합되어 있음을 보여준다. 농경을 위해 가장 필요한 것은 물이지만 그것이 지나치면 도리어 해가 된다. 적당한 비와 바람은 농작물을 건강하게 키우고 알찬 결실을 맺게 해주지만 거센 비바람은 농작물을 쓰러뜨리고 마을의 평화를 짓밟는다. 이런 면에서 솟대에는 농사에 필요한 물을 원하거나 홍수를 막아달라는 기원이 담겨 있다.

그런데 왜 많은 새들 가운데 하필이면 오리가 솟대의 꼭대기에 앉게 되었을까. 그건 새에 대한 고대인들의 생각을 먼저 알아야 한다. 먼 옛날 새는 신성한 동물이었다. 천사의 날개처럼 날개를 가진 새는 하늘과 연관이 있을 것으로 생각했기 때문이다. 심지어 남태평양의 여러 부족은 스스로를 새의 후손이라고 믿었다.

신성한 새들 가운데 오리가 선택된 것은 여러 가지 이유가 있다. 오리는 알을 많이 낳는다. 오리는 닭처럼 알을 많이 낳으면서 닭보다 굵고 큰 알을 낳는다. 다산多産은 농경문화에서 가장 큰 미덕 가운데 하

나다. 또한 오리는 비와 천둥을 관장하는 새라는 옛 사람들의 생각과
도 맞닿아 있다. 신화에서 비와 천둥을 관장하는 신은 대개 최고의 신
이다. 그리스 신화의 제우스가 그렇고 인도 신화에서 신들의 왕인 인
드라, 북유럽 신화의 최고신 오딘, 유대 신화에서 야훼가 그렇다. 이처
럼 비와 천둥은 사람들의 삶에 큰 비중을 차지했다. 그런데 오리는 비
와 천둥을 상징하는 새였다.

　　그러나 무엇보다 오리가 솟대 위에 앉아 있는 이유는 오리가 철새
이기 때문이다. 모두 아는 것처럼 철새는 한 곳에 머물러 사는 텃새와
달리 계절에 따라 모습을 보였다가 사라진다. 옛 사람들은 철새가 보

화순 고인돌공원 솟대. 오리가 솟
대 위에 앉아 있는 이유는 오리가
철새이기 때문이다. 오리로 대표
되는 철새들은 인간의 세계와 신
의 세계를 넘나드는, 그래서 어쩌
면 신의 뜻을 받드는 사자이거나
신의 뜻에 따라 인간세계를 관찰
하기 위해 오는지도 모른다.

이지 않을 때 어디서 무엇을 하는지 궁금해하고 나름대로 상상을 했다. 흥부가 부러진 다리를 묶어준 제비와 놀부가 다리를 부러뜨린 제비는 남쪽에 있는 자기들의 왕국으로 돌아갔다. 그곳에서 사람들에 대해 평가해서 상을 내리기도 하고 벌을 내리기도 한다. 그건 사람들의 상상이다.

흥부와 놀부의 예에서 보듯이 옛 사람들은 철새가 자기들의 나라로 돌아간다고 믿었다. 사람들은 그 나라에 대해 단순히 북쪽이나 남쪽이라는 방위뿐만 아니라 이승과 저승, 또는 신의 세계로 생각을 넓혔다. 그래서 오리로 대표되는 철새들은 인간의 세계와 신의 세계를 넘나드는, 그래서 어쩌면 신의 뜻을 받드는 사자이거나 신의 뜻에 따라 인간세계를 관찰하기 위해 오는지도 모른다고 상상했다.

또한 사람들은 철새의 귀환을 통해 삶의 반복성을 보기도 했다. 우리의 삶이 하루, 한 해의 반복인 것처럼 철새를 통해 영원히 순환되는 우주의 질서를 보았던 것이다. 그래서 북쪽의 퉁구스족은 철새가 돌아오는 것을 영혼의 이주라고 불렀다.

이렇듯 지금이야 구경거리에 지나지 않지만, 과거 철새는 신과 사람, 우주와 사람을 잇는 일종의 매개자였다. 그래서 사람들이 신을 향해 무엇인가 간구할 것이 있을 때 철새의 도움을 빌리려고 했을 것이다. 솟대 위에 철새인 오리가 앉아 있는 또 하나의 이유인 셈이다.

그렇다면 오리를 지탱하고 있는 장대나 돌기둥은 왜 필요했을까.

신혼집에 가면 쉽게 볼 수 있는 원앙새 한 쌍처럼 늘 가까이에 두고 보며 기원하면 될 것을 굳이 장대나 돌기둥을 세워 그 위에 얹은 것은 그 나름의 이유가 있다.

장대는 언뜻 보기에도 가늘고 길어서 마치 동물원에서 목이 긴 기린을 보듯이 불안함과 안타까움을 자아낸다. 그러나 사실 이 장대는 우주나무를 상징한다. 신화 속의 우주나무는 세상의 중심에서 하늘로 우뚝 솟은 장대한 나무를 가리킨다.

우주나무는 이름 그대로 하늘과 땅을 이어주는 통로이기도 하다. 하늘과 땅 그리고 우주나무가 있는 모습은 '工'이라는 글자로 형상화된다. 위는 하늘이고 아래는 땅이며 가운데 서 있는 것이 우주나무이다. 거기에 사람들이 있는 모습을 더 하면 '巫'라는 글자로 형상화된다. 무巫는 인류의 원시종교였던 샤머니즘을 뜻하는 말이다. 솟대는 동북아시아 샤머니즘 문화권에서 발견된다. 우리나라를 비롯해서 만주, 몽골, 시베리아, 일본에서 찾아볼 수 있기 때문이다. 일본의 경우 토리이〔鳥居〕, 그러니까 새가 머무는 곳이라는 뜻의 조형물이 모든 신사 앞에 있는데 이 역시 솟대의 변형이라고 보아야 할 것이다.

그렇다면 솟대의 장대나 돌기둥은 작은 우주나무라고 부를 수 있다. 따라서 솟대가 있는 곳이 그 마을의 중심이다. 세계적으로 장대를 세우는 일은 신성한 일이었다. 오월의 축제를 축하하기 위해 꽃이나 리본으로 장식한 나무인 오월목may pole도 그렇고 무당이 신을 부를 때

잡는 신장대도 그러하다.

솟대의 상징

세월이 지나면서 솟대는 풍수지리와 결합하거나 출세를 위한 기원이
결합되면서 다른 목적도 생겨났다. 배의 모양을 한 마을이라면 마을
입구가 아니라 마을 한가운데 솟대를 세우는데, 그것은 돛대를 대신한
것이다. 돛대가 없는 배는 바다로 나갈 수 없다. 돛대가 있어야 배가
편안하듯 솟대를 세워야 마을이 평안해진다는 의미다. 이는 솟대가 풍
수지리와 만난 경우이다. 한편으로 과거 급제를 기념하기 위해 솟대를
세우기도 했다. 집 앞이나 선산 앞에 솟대가 많이 세워져 있다면 그 집
안에 과거 급제자가 많음을 의미한다.

　이렇게 돛대를 대신하거나 과거 급제를 기념하기 위해 솟대를 세
우는 것은 원래 솟대가 지닌 상징을 활용한 예이다. 세상의 중심에 우
주나무가 있는 것처럼 돛대 대신 솟대를 세워 마을의 중심으로 삼고
사회의 중심을 잡겠다는 뜻이겠고, 과거 급제의 경우에도 과거를 통해
나라의 중심이 되어 활약해주기를 바라는 희망이 담겨 있는 것이다.

　해가 저물 무렵 또는 새벽녘에 솟대를 보라. 먼 하늘 너머와 비밀
스러운 교신을 하는 듯한 느낌을 준다. 그래서 캄캄한 밤이 오면 그곳

으로 날아갔다가 새벽에 시치미를 떼고 다시 제자리에 앉아 있는 듯한 느낌도 준다. 그런 느낌 때문인지 솟대를 보면 깊은 곳에 숨겨둔 희망을 몰래 솟대에 전하고 싶은 생각이 든다. 솟대의 오리라면 그 희망을 전해주지 않을까? 그래서 하늘에 빌 것을 솟대에 빌면 그 바람이 솟대를 통해 하늘에 닿을 듯하다.

 솟대 보는 법

솟대도 장승처럼 오래 지속되는 것이 아니고 솟대만을 보기 위해 여행을 하는 일도 없다. 여행지를 지나다가 솟대를 보면 하늘을 생각하며 마음을 날려 보낼 일이다.

알 아 가 는

아 름 다 움 이

있 는 곳

서원과
향교

서원과 향교는 지금 말로 하면 학교다. 자기의 색깔을 가지면서 시대의 변화에 뒤처지지 않기 위한 가장 좋은 방법은 배움이다. 그건 여행도 다르지 않아 내가 가서 보고 만져야 내 것이 된다.

조선시대의 학교

가는 길이야 여럿이지만, 한국 최초의 사액서원인 소수서원은 죽령을 지나 소백산을 지나가는 국도가 아름답다. 유교를 대표하는 소수서원과 인근의 불교를 대표하는 부석사는 소백산과 태백산 사이에 자리 잡고 있다. 이름으로 따지면 태백산이 더 클 것처럼 느껴지지만 실제로 산 자체는 소백산이 더 웅장하다.

그래서 경상북도 영주시에 있는 소수서원과 부석사를 찾을 때 소백산을 넘어가는 국도로 가다보면 깊은 학문과 종교의 세계로 조금씩 침윤해 들어가는 걸 느낄 수 있다. 여행에서 목적지도 중요하지만 그

부석사는 소백산과 태백산 사이에 자리 잡고 있다. 이름으로 따지면 태백산이 더 클 것처럼 느껴지지만 실제로 산 자체는 소백산이 더 웅장하다.

에 이르는 길이 때로는 더 소중할 때도 있다.

아름다움이라는 말은 '알다'라는 말에서 유래했다고 한다. 배우고 그것을 알아가는 모습이 세상에서 가장 아름다운 일이라는 뜻이겠다. 사람들은 태어나서부터 배우기 시작해서 죽을 때까지 무엇인가 끊임없이 배운다. 그것이 심오한 학문이든 간단한 기계 조작에 대한 것이든 말이다. 실제로 기성세대와 신세대의 차이는 끊임없이 배울 수 있는지 없는지에 달려 있다. 한동안 컴퓨터가 그랬고 근래의 스마트폰이 그렇다. 스마트폰을 전화 기능으로만 사용하면 기성세대라는 말을 그저 농담으로 받아들일 수 없는 시대를 우리는 살고 있다.

옛말에 장강의 앞물은 뒷물에 밀린다는 말이 있다. 그 무엇으로도 막을 수 없는 가는 세월은 늘 변화를 불러온다. 그 변화에 무조건 따라갈 것은 아니지만 그 변화를 무시하고 살 수도 없는 게 우리 세상이다. 자기의 색깔을 가지면서 시대의 변화에 뒤처지지 않기 위한 가장 좋은 방법은 배움이다. 옛말대로 배워서 남 주는 일은 없다. 그건 여행도 다르지 않아 내가 직접 가서 보고 만져야 내 것이 된다.

서원과 향교는 지금 쓰는 말로 하면 학교다. 보다 정확하게 말한다면, 서원은 조선시대의 사립학교이며 향교는 조선시대의 국립학교다. 이 밖에 서당이라는 사립학교도 있다. 참고로 우리나라의 3대 향교는 강원도의 강릉 향교, 전라남도의 나주 향교, 전라북도의 장수 향교이다.

청다리의 유래

어른들이 아이들에게 "넌 다리 밑에서 주워왔어"라는 말을 자주 한다. 여기서 다리는 이중적인 의미를 갖고 있어서 아이들을 놀릴 때 사용한다. 일종의 말장난이다. 어른들은 사람의 다리를 생각하지만 아이들은 건너다니는 다리를 떠올리기 때문에 놀림이 성립된다. 대개 아이들은 어느 다리냐고 되묻는다. 물론 어른들은 근처에 있는 다리 이름을 댄다. 그런데 전하는 말에 따르면 "다리 밑에서 주워왔다"는 말은 오랜 유래가 있다.

소수서원 옆에는 '청다리'라고 불리는 다리가 있다. 서원은 젊은 선비들이 모여 공부하는 곳이다. 당시에 서원에서 공부할 수 있는 남자라면 나름대로 똑똑하고 경제력이 구비된 젊은이라고 할 수 있다. 생각해보라. 젊고 잘난 남자들이 모여 있는 곳에 핑크빛 사연이 없을 수 없다. 또한 도련님 공부를 뒷바라지하기 위해 하인이나 계집종 또한 상주했을 것이니 구색이 다 갖추어져 있었다. 《춘향전》을 떠올려보면 쉽게 상상이 갈 것이다.

서원에서 공부하던 유생들 가운데 계집종이나 마을 처녀들과 생긴 연애사건이 많았던 듯하다. 이렇게 해서 덜컥 아이가 생기면 연인과 짜고 다리 밑에 아이를 버렸다. 그러면 당사자인 유생이 우연히 지나가다가 아이를 주은 것처럼 해서 본가에 아이를 맡기는 일이 많았다고 한다. 그것도 아니면 애초에 아이를 본가에 맡기면서 다리 밑에서 주웠다고 말하기도 했다. 불쌍해서 주웠으니 그것도 인연이라 생각하고 아이를 키우자고 말했을 것이고 어른들이야 대충 짐작을 하고 그 아이를 받았을 것이다. 이런 사연으로 다리 밑에서 아이를 주웠다는 말의 원조가 바로 소수서원 부근에 있는 청다리라고 한다. 그런데 얼마나 많은 아이를 다리 밑에서 주웠으면 이런 말이 생겼을까?

최초의 사액서원, 소수서원

우리나라에서 학교가 처음 설립된 것은 삼국시대였다. 교과서에서 배운 것을 복습해보면, 고구려는 불교를 받아들인 소수림왕 2년(372년)에 태학太學을 세웠고 신라는 삼국통일 후인 신문왕 2년(682년)에 국학國學을 설립했다. 고려는 과거제도를 실시하면서 국자감國子監이라는 학교를 세우고 지방에 박사와 교수를 보내 교육을 담당하게 했는데 이것이 향학의 시초라고 할 수 있다. 그러나 이때까지 사립학교는 없었다. 사립학교가 생긴 것은 조선시대에 들어와서부터다. 서원과 서당이 그것이다.

국립학교였던 향교는 크게 공자를 비롯한 여러 유현을 모시는 문묘文廟와 유생들이 공부하는 학교 건물로 나눌 수 있다. 먼저 문묘에는 공자의 위패를 비롯한 중국의 네 성인, 그러니까 안자, 증자, 자사, 맹자를 모신다. 여기에 우리나라의 18현, 곧 최치원, 설총, 송유, 정몽주, 김굉필, 정여창, 조광조, 이언적, 이황, 이이, 성혼, 김장생, 송시열, 송준길, 박세채, 김인후, 조헌, 김집이 그들로, 이들을 제사하는 곳이 대성전大成殿이다. 그런데 18현 가운데 김인후(전라남도 장성)만이 전라도 출신 학자이다. 향교와 서원이 경상도 지역에 많았음을 짐작할 수 있다.

여기에 동무東廡와 서무西廡가 있어 공자의 제자 및 현인들의 위패가 모셔져 있다. 명륜당은 유생들이 공부를 하는 곳이고, 유생들이 숙식과 독서를 하는 동재東齋와 서재西齋, 선현들의 사상을 연구하여 문집 등의 서적을 펴내고 보관하는 존경각尊經閣, 학문에 지친 유생들이 풍류를 즐기거나 사색을 하는 누각 등으로 구성되어 있다.

서원 구조도 향교와 다르지 않다. 선현에게 제사하는 기능과 제자를 교육하는 기능이 결합한 곳이다. 다만 향교와 다른 점은 사학이라는 점과 대체로 규모가 작다는 것이다. 서원은 조선시대 사림들에 의해 설치된 사설 교육기관이다. 중국에서는 남송南宋 때 주희朱熹가 백록동白鹿洞서원을 세운 것이 기원이다. 우리나라에서는 1543년 풍기 군수 주세붕周世鵬이 세운 안향安珦을 배향한 백운동白雲洞서원(소수서원)이 최초이다.

서원이 등장하게 된 것은 조선 초 사림들의 향촌 질서 운영과정에서 찾아볼 수 있다. 훈구파에 밀린 사림들은 자기들의 기반을 확립하기 위해 노력했지만 훈구파의 압력과 제재로 실패하고 16세기에 이르러 사림파의 정계 진출과 맞물려 서원건립운동을 추진하게 된다.

서원의 건립은 사림정치의 특색인 붕당정치와 밀접한 관계를 맺으면서 발전했다. 서원은 지방에서 사림들의 근거지가 되었고 특정 당파의 집결지 역할을 맡았던 것이다. 붕당은 학연을 기반으로 하기 때문에 교육기관으로서 서원은 그에 적합한 역할을 맡았고 배향되는 인물은 그 당파에 관련된 인물이 대부분이었다.

그러나 서원이 지나치게 많아지면서 병폐가 발생하고 국가의 재정을 소모했기 때문에 이에 대한 견제가 나타나기 시작했다. 영조 때부터 본격화되어 흥선대원군이 왕권 강화의 일환으로 전국의 서원을 47개만 남기고 모두 철폐하기에 이르렀다.

서원과 비슷한 성격의 사우祠宇는 충절을 지킨 선현들을 배향하는

우리나라 최초의 사액서원인 소수서원. 서원은 지방에서 사림들의 근거지가 되었고 특정 당파의 집결지 역할을 맡았다.

곳이지만 교육적인 성격은 없었다. 그러나 서원이 지나치게 증가하면서 서원과 사우의 차이는 점차 모호해져 갔다.

또한 서원 가운데 국가로부터 여러 혜택을 받는 사액서원이 있었는데 서원들은 모두 사액을 받으려고 노력했다. 최초의 사액서원은 소수서원이다.

서원의 소나무

소나무는 한반도 어디에서든 볼 수 있지만 서원이나 향교 주위에 특히 소나무가 많다. 현대에 들어 밝혀진 것이지만 소나무의 향이 머리를 맑게 해주기 때문에 공부를 하는 데 좋다고 한다. 또한 사철 푸름을 간직하고 있기에 강직한 선비를 상징하는 면도 있지만 피로해진 눈을 쉬기에도 좋다.

이렇듯 서원은 자연환경이 좋은 곳에 있다. 공부를 하기 위해 조용한 암자나 절을 찾는 것도 이런 환경 때문이 아닐까? 그런데 오늘날의 향교나 서원이라고 할 수 있는 학교들은 예전과 사뭇 다르다.

특히 대학 주위에는 서점이 전혀 없거나 거의 없으며 주로 술집을 비롯한 놀이 시설들만 즐비하다. 술을 마시고 노는 것도 공부의 일부지만 전체는 아니다. 또한 요즘 학생들이 배움보다 놀기를 좋아하기 때문이겠지만 학생의 숫자가 많아진 것도 하나의 이유가 될 듯하다. 그리고 배워야 할 것도 과거에 비해 너무 많이 늘었다. 그래도 학교는 배우는 곳이다.

날이 좋은 날 아이들과 함께 손을 잡고 서원이나 향교를 찾아보라. 공기도 맑고 학문의 정취도 느낄 수 있으니 일석이조가 아닐까? 공부하라는 말을 수십 번 하는 것보다 서원이나 향교를 한 번 찾는 게 나을 것이다. 그뿐만 아니다. 서원이나 향교는 데이트를 하기에도 아주 좋은 곳이다. 대개는 너르고 한적하기 때문이다. 그래서 사랑이나 우정처럼 보이지 않는 것을 키우기에 아주 좋다.

옥산서원. 사액서원인 옥산서원은 흥선대원군의 사원 철폐령 때도 존속한 서원이다. 옥산서원은 수려한 풍광과 주변의 울창한 수목이 빼어난 경관을 이룬 곳에 자리하고 있다.

가볼 만한 서원

● 자운서원
율곡 이이를 추모하며 세운 서원으로 신사임당과 이이의 묘소가 있다.
소재지: 경기도 파주시 법원읍 자운서원로 204

● 화산서원
조선 중기의 학자였던 백사 이항복을 추모하며 세운 서원으로 이항복의 묘소가 있다.
소재지: 경기도 포천시 가산면 가산로 227-40

● 심곡서원
조선시대 개혁가였던 조광조를 추모하기 위한 서원으로 대원군의 서원 철폐 때에도 존속한 서원
이다.
소재지: 경기도 용인시 수지구 심곡로 16-9

● 돈암서원
조선 중기 많은 학자를 제자로 두었던 김장생을 추모하기 위해 세운 서원. 인근에 고려 왕건이 세
운 개태사라는 절이 있는데 500명의 밥을 한꺼번에 할 수 있는 큰 솥을 볼 수 있다.
소재지: 충청남도 논산시 연산면 임3길 24-4

● 송담서원
율곡 이이의 위패를 모신 서원이다. 인근에 굴산사지와 범일국사의 탄생 설화가 있는 석천이라는
우물이 있다.
소재지: 강원도 강릉시 강동면 송담서원길 27-5

● 내산서원
임진왜란 때 일본으로 잡혀가 일본에 주자학을 전해준 강항을 추모하는 서원이다.
소재지: 전라남도 영광군 불갑면 강항로 101

● 무성서원

경주 최씨의 시조이기도 한 신라의 학자 고운 최치원을 제향하기 위한 사당이었다가 서원으로 바뀌었다. 최치원 이외에 여러 학자들이 모셔져 있다.

소재지: 전라북도 정읍시 칠보면 원촌1길 44-12

● 필암서원

조선 중기의 학자 김인후를 추모하기 위한 서원.

소재지: 전라남도 장성군 황룡면 필암리 378

● 금오서원

고려 말기의 학자인 길재를 추모하기 위해 세운 서원. 길재는 고려의 멸망을 예상하고 노모 봉양을 핑계로 은거했다.

소재지: 경상북도 구미시 선산읍 유학길 593-31

● 소수서원

최초로 세워진 서원으로 고려시대의 학자 안향을 추모하기 위해 세운 서원이다. 인근에 부석사가 있어서 유교와 불교의 정취를 함께 느낄 수 있다.

소재지: 경상북도 영주시 순흥면 소백로 2740

● 병산서원

조선 선조 때의 학자로 임진왜란 후 《징비록》을 남긴 유성룡을 추모하기 위한 서원. 인근의 하회마을과 함께 돌아볼 수 있다.

소재지: 경상북도 안동시 풍천면 병산길 386

● 도산서원

조선 최고의 학자였던 퇴계 이황을 추모하기 위해 세운 서원. 인근에 퇴계의 묘소와 이육사의 시비가 있다.

소재지: 경상북도 안동시 도산면 도산서원길 154

● 도동서원

조선 초기의 학자 김굉필을 추모하기 위해 세운 서원. 인근에 중생대 백악기에 형성된 것으로 보이는 화강암석들이 있는 비슬산이 있다.

소재지: 대구광역시 달성군 구지면 구지서로 726

● 옥산서원

조선 중기의 학자 이언적을 추모하기 위해 세운 서원. 옥산서원에는 현존하는 가장 오래된 역사서인 김부식의《삼국사기》가 소장되어 있다.

소재지: 경상북도 경주시 안강읍 옥산서원길 216-27

옥산서원

● 남계서원

조선시대 학자 정여창을 추모하기 위한 서원으로 소수서원에 이어 두 번째로 세워진 서원이다.

소재지: 경상남도 함양군 수동면 남계서원길 8-11, 일원(원평리)

● 구연서원

구연서원에는 신권의 학문과 덕행을 추모하기 위하여 신권이 제자를 가르치던 구주서당 자리에 서원을 창건하여 위패를 모셨다.

소재지: 경상남도 거창군 위천면 은하리길 100

구연서원

늘

돌 아 가 야

하 는 곳

한옥

우리 신화에서 집의 신은 황우양이다. 황우양이 집의 신이 되는 과정이 우리에게 말하는 메시지는 교만을 버리라는 것이다. 또한 집이 클수록 교만해지기 쉽다는 점을 꼬집고 있다. 한옥에서 방이 작은 것도 이런 상상력과 관련이 있다.

한옥에 방이 작은 이유

여행 하면 대체로 가슴 두근거리는 낭만을 떠올리기 쉽다. 그러나 실제는 집 떠나면 고생이라는 말에서 알 수 있듯이 여행은 매우 고된 일이다. 그것은 편안하고 안락한 일상을 벗어나는 것이기에 그렇고 낯선 것을 보고 낯선 사람을 만나는 것이기에 에너지가 많이 소모되기 때문이다. 여행의 호기심과 기대를 충족시키기 위한 대가가 피곤인 셈이다. 그렇지만 우리는 여행을 꿈꾼다. 그것은 우리에게 집이 있기에 그렇고 여행을 통해 집이 편안하다는 것을 새삼 느끼게 된다.

그렇기에 집은 고향이나 어머니가 주는 그것처럼 편안하고 안락해야 한다. 그런 면에서 강릉의 선교장은 언제든 편안함을 준다. 그건 주위에 오죽헌이 있고 경포호가 있으며 김시습 기념관이 있기 때문만은 아닐 것이다. 선교장은 단아한 옥색 한복을 차려입고 산기슭으로 소풍을 나온 할아버지들을 연상시킨다. 어쩌면 술을 한잔 걸치고 얼굴이 발갛게 달아오르면 춤이라도 추지 않을까?

예전의 한옥과 지금의 집은 많이 다르다. 우리가 한복을 벗고 양복을 입은 것처럼 집도 바뀌었다. 지금이야 양복이 그런 것처럼 집에서도 무엇보다 편안함과 안락함을 원한다. 그런데 옛 한옥을 보면 그렇지 않다. 불편하다. 이런 이유도 더해서 처음 양옥이 등장했을 때 문화주택이라는 말로 불렸다. 한옥은 문화적이지 않은 구식 주택이 되었다.

강릉 선교장. 선교장은 단아한 옥색 한복을 차려입고 산기슭으로 소풍을 나온 할아버지들을 연상시킨다. 술을 한잔 걸치고 얼굴이 발갛게 달아오르면 춤이라도 추지 않을까?

근래에 우리들의 집이 서구화되면서 생활에 여러 변화가 생겼다. 먼저 집의 규모가 작아졌다. 방이야 예전보다 훨씬 커졌지만, 마당이 사라지고 곳간이 사라졌다. 또한 부엌이나 화장실 등이 편의를 위해 한 공간으로 모였다. 요즘 우리가 사는 집의 구조는 한 가족이 살기에

강릉 선교장 사랑채. 옛 집의 방이 작은 것은 욕망을 줄이기 위함이 아닐까? 대신 너른 자연과 마음껏 교감을 나누며 호흡하라는.

적합하다. 우리 사회가 전통적인 가족에서 서구적인 핵가족으로 바뀌었기 때문이다. 한옥은 지금의 집과 여러 면에서 대조적이다.

　　그런데 한옥에서 가장 눈에 띄는 것은 방이 좁다는 사실이다. 아마 요즘 그런 방에서 살라고 하면 많은 사람들이 폐쇄공포증을 호소할 것이다. 왜 그렇게 방이 작은 걸까? 땅이 좁기로는 인구가 폭발적으로 늘어난 지금이 더욱 심하다. 옛 집의 방이 작은 것은 건축의 문제도 있겠지만 욕망을 줄이기 위함이 아닐까? 대신 너른 자연과 마음껏 교감을 나누며 호흡하라는. 욕망에 한껏 부풀어 있는 우리가 한옥을 되돌아보아야 하는 이유는 이것만으로도 충분하다. 이런 면에서 허균의 시는 시사적이다.

차를 반 항아리 달이고
향 한 심지를 피웠네.
외딴 집에 누워
건곤고금乾坤古今을 가늠하노니
사람들은 누추한 집이라 하여
살지 못하려니 하건만
나에게는
신선의 세계인저.
-교산 허균 시비

집의 신, 황우양

우리 신화에서 집의 신은 황우양이다. 황우양이 집의 신이 되는 과정이 우리에게 말하는 메시지는 교만을 버리라는 것이다. 또한 집이 클수록 교만해지기 쉽다는 점을 꼬집고 있다. 한옥의 방이 작은 것도 이런 상상력과 관련이 있다.

먼 옛날 황우양이라는 뛰어난 목수가 있었다. 하루는 하늘의 누각이 부서져 황우양에게 보수하는 일을 맡겼다. 하늘로 떠나는 황우양에게 부인이 가는 도중에 누구와도 말을 하지 말라는 부탁을 했다. 자칫 말을 하면 다시는 만날 수 없을 수도 있으니 조심하라고 신신당부를 한 것이다.

황우양은 중간에 소진들이라는 곳에서 하늘의 성을 쌓는 일을 마치고 돌아가던 소진랑이라는 사내를 만났다. 황우양은 소진랑이 자꾸 말을 시켰지만 아내의 당부를 생각하고 모른 척 지나가려고 했다. 소진랑은 화가 났는지 황우양의 뒤통수에 대고 욕을 해댔다. 황우양은 더 이상 참지 못하고 대꾸를 했고 서로 이야기를 하게 되었다.

그러자 소진랑이 황우양에게 하늘의 성을 쌓을 때 쓴 흙과 돌이 모두 지하에서 가져온 것이기 때문에 그것을 쓰면 죽을 것이라는 경고를 했다. 소진랑은 옷과 말을 서로 바꾸면 피할 방법을 알려주겠다고 제안했고 황우양은 소진랑의 말대로 하기로 했다.

황우양은 하늘로 갔지만 소진랑은 황우양의 집으로 갔다. 그는 황우양의 집으로 가서 재산을 빼앗고 아내마저 차지하려고 했다. 죽을 처지에 놓인 황우양의 아내는 피로 쓴 편지를 주춧돌 밑에 숨겨두고 소진랑을 따라나섰다. 소진랑이 황우양의 아내를 탐하려고 하자 액땜을 해야 한다며 자기는 삼 년 동안 굴속에서 살겠다고 해서 위기를 넘겼다. 삼 년이면 남편이 돌아와 자기를 구해줄 것으로 생각했기 때문이다.

한편 하늘에서 누각을 고치던 황우양은 계속해서 불길한 꿈을 꾸었다. 점쟁이에게 해몽을 해보니 살던 집은 쑥대밭이 되고 부인과 재산을 빼앗길 점괘라고 풀이를 해주었다. 마음이 급해진 황우양은 삼 년 걸릴 일을 석 달 만에 해치우고 집으로 돌아갔다. 과연 점쟁이의 말대로 집은 쑥대밭이 되어 있었고 아내는 어디론가 사라지고 없었다.

황우양은 망연자실해서 자기 신세를 한탄하다가 주춧돌을 베고 깜빡 잠이 들고 말았다. 잠결에 까마귀 우는 소리를 듣고 잠에서 깬 황우양은 까마귀가 주춧돌 밑을 쪼고 있는 걸 보았다. 거기에는 아내가 자기에게 남긴 피로 쓴 편지가 들어 있었다. 사정을 짐작한 황우양은 소진랑의 집이 있는 소진들로 향했다.

소진들로 가는 도중에 물을 길러 밖으로 나온 아내를 만난 황우양은 도술을 써서 파랑새가 되어 소진랑의 집으로 들어갔다. 그리고 대청마루에 누워 잠을 자고 있던 소진랑에게 달려들어 단단히 묶었다.

그리고 삼 년 동안 서낭당 돌항아리에 가두어 두었다. 지나가는 사람들은 소진랑을 향해 침을 뱉었고 그때부터 서낭당을 지날 때 침을 뱉는 관습이 생겼다. 그리고 훗날 황우양은 집의 신인 성주신이 되었다.

집을 잃는 것은 모든 것을 잃는 것이다. 위의 신화에서 아내도 재물도 모두 잃은 모습을 '집이 없음'으로 표현한다. 집을 되찾을 때 아내며 재물이며 인간에게 필요한 삶의 모든 것을 누릴 수 있는 것이다. 또한 소진랑의 예에서 보듯 이러한 집을 뒤흔드는 것은 사람들의 침 세례를 받아야 하는 죄악임이 밝혀진다. 집은 삶의 기초이다.

한반도의 환경과 집

먼저 집을 짓기 위해서는 터를 잘 잡아야 한다. 우리나라에서 이 터 잡이에 가장 큰 영향을 미친 것은 풍수지리이다. 풍수지리 사상은 중국 전국시대 말기에 등장한 음양오행설에 천문과 자연숭배, 도교, 불교, 유교의 종교적 요소가 한 덩이가 된 것이다. 이런 배경으로 집터를 잡는 양택陽宅과 묘 자리를 잡는 음택陰宅이 발달했다. 요즘이라면 특별한 사람이 아니면 음택에 신경 쓰지 않는다. 양택 또한 아파트 생활이 많은 요즘 별로 어울리는 말은 아니다. 그러나 전원생활을 꿈꾸는 사람이라면 귀를 기울일 필요가 있다.

몇 가지 좋은 집터를 보면 다음과 같다.

물줄기가 모여 흘러가는 어귀를 뜻하는 수구水口가 꼭 닫힌 듯하고 그 안에 들이 펼쳐져 있으면 재산이 흩어지지 않고 후손이 번창한다. 또한 물줄기는 여러 겹일수록 좋다고 본다. 들판은 해와 달과 별빛이 항상 환하게 비쳐들고 적당한 바람과 비가 고르게 내리는 온화한 곳이 좋다. 이런 곳에 집을 지어야 병이 적고 인물이 많이 난다.

산은 수려하고 아담하며 무엇보다 산맥이 끊어지지 않아야 한다. 사방의 산은 멀리 있고 그 안의 들판은 평탄하고 넓어야 한다. 산맥이 평지에 뻗어 내렸다가 물가에 그친 곳이 터가 좋다. 산이 비뚤어지거나 부서진 형상은 좋지 않다. 흙은 굳고 단단한 모래흙이 좋다. 이런 곳의 우물이 차고 맑다. 우물은 늘 먹어야 하는 물이기 때문에 매우 중요하다. 그리고 늘 먹는 물처럼 오랫동안 지속되는 것이 우리의 기본적인 생활을 이룬다.

터에는 물이 있어야 한다. 물은 재산을 상징하기 때문이다. 그래서 큰 물가에 부유한 집과 큰 마을이 생긴다. 등에 산을 업고 앞에 내가 흐르는 이른바 배산임수가 좋다. 또한 집터는 동쪽이 높고 서쪽이 낮은 동고서저형이 좋다. 집의 동쪽에서 흐르는 물이 강과 바다로 들어가면 좋다.

터를 잡았으면 집을 지어야 할 터이다. 집은 먼저 기단이 필요하다. 기단은 오늘날의 기초 공사와 같다. 기단을 쌓았으면 그 위에 초석을 놓는다. 초석은 기둥 밑에 자리하고 위에서 전달되는 하중을 받아 아래로 전달하는 주춧돌이다. 초석이 놓이면 그 뒤에 기둥을 세운다. 기둥은 직선인 경우에 민흘림이라 하고 중간부를 굵게 만드는 경우를

강릉 선교장 열화당. 터를 잡았으면 집을 지어야 한다. 집은 먼저 기단이 필요하다. 기단은 오늘날의 기초 공사와 같다. 기단을 쌓았으면 그 위에 초석을 놓는다.

배흘림이라고 한다. 배흘림은 착시에 의해 기둥이 가늘게 보이는 현상을 교정하기 위한 기법으로 건물에 안정감을 주는 의장적인 효과를 지니고 있다.

기둥 위에는 지붕 위에서 내려오는 하중을 옆으로 분산시키기 위한 보가 필요하다. 보 위에는 도리道里, 대공臺工, 합장合拿 등이 놓이고 그 위에 처마와 지붕이 놓인다. 물론 지붕 위에 기와가 얹히면 집의 형태가 갖추어진다. 여기에 벽과 창호가 더해지고 바닥을 깔고 천장을 만들면 집이 완성된다. 그러나 집이라는 물체를 넘어서 인간이 사는 공간이 되기 위해서는 너와 나를 구별하는 기준점이 있어야 하고 그 역할을 하는 것이 울타리와 대문이다. 우리 모두에게 서로 다른 이름이 있는 것처럼 각각 기준점이 필요하기에 그렇다. 그러나 이름이 '불리기' 위한, 그러니까 나를 위한 것이 아닌 것처럼 울타리와 대문이 폐쇄적이 되면 안 된다.

한옥이라고 해서 대궐 같은 큰 집이나 서울의 북촌 한옥마을에서 볼 수 있는 기와집만 생각해서는 곤란하다. 한옥이라고 하면 한반도에 살았던 사람들의 집을 모두 가리키는 말이기 때문이다. 집은 주위 환경과 밀접한 연관이 있다. 따라서 지역의 특성에 따라 독특한 모양을 한 집들이 많다.

먼저 눈에 띄는 것이 까치구멍집이다. 태백산맥을 중심으로 한 강원도 지역과 경상북도 북부 지역의 안동과 영주 지방의 산간벽촌에서 볼 수 있다. 까치구멍집이라는 이름은 지붕마루 양끝의 밑에 만든 '까치구멍'에서 유래한 것이다. 까치구멍집은 방한을 목적으로 외부 폐쇄적인 구조를 취하여 내부공간에서 모든 생활을 할 수 있게 만들어졌다. 내부는 열고 밖은 폐쇄하는 구조로 집 내부에서 밥을 짓고 쇠죽을 끓이며 화덕과 관솔을 피울 때 발생하는 연기나 수증기, 악취 등 오염된 공기가 외부로 잘 빠져나갈 수 있도록 까치구멍을 만드는 지혜를 이용한 것이다. 경상북도 영덕군 창수면 갈천리 너와집은 적송, 전나무 등에서 떼어낸 나무너와 또는 청석판의 청석너와로 기와처럼 지붕을 이은 집이다. 강원도 지방에서는 느예, 또는 능예라고 한다.

굴피집은 너와 대신 참나무(떡갈나무)의 두꺼운 껍질인 굴피를 벗겨 이은 것으로 너와집과 굴피집은 수목이 울창한 지대에서 볼 수 있다. 개마고원을 중심으로 한 함경도 지역과 낭림산맥 및 강남산맥을 중심으로 한 평안도 산간, 태백산맥 중심의 강원도, 울릉도 등지에 분포한다.

귀틀집은 통나무의 뿌리와 가지를 제거하고 우물 정자형으로 짜서 중첩하여 벽을 만들고 지붕을 덮은 것으로 나무 사이에 생기는 틈새를 흙으로 바른 집이다. 방틀집 또는 말집이라고도 한다. 강원도의 태백산, 오대산, 설악산과 개마고원 일대, 압록강, 두만강 유역 그리고 소백산맥, 차령산맥, 지리산 등의 산간부락에 분포되어 있었다.

투막집(투방집)은 울릉도 전역에 분포되어 있었지만 지금은 나리동에 몇 채 남아 있을 뿐이다. 투막집은 태백산맥 일대에 살던 사람들이 울릉도에 이주하면서 지은 집으로, 귀틀집의 변형이다.

굴피집. 굴피집은 참나무(떡갈나무)의 두꺼운 껍질인 굴피를 벗겨 이은 것으로 수목이 울창한 지대에서 볼 수 있다. 화전민들이 많이 이용한 집으로서 수명이 길어 "기와 천년, 굴피 만년"이라는 속담이 있다.

변화하는 풍수

예전이라면 집이 앉은 방향 가운데 남향을 선호했다. 지금도 집을 고를 때 남향인지 아닌지 고려한다. 사실 예부터 남향을 선호한 이유가 여럿이지만 가장 큰 것은 볕이 잘 들기 때문이다. 볕이 잘 든다는 것은 난방비가 절약되고 벌레들이 많이 꾀지 않는다는 등의 장점이 있다.

그러나 바쁘고 계속 긴장 속에 살아야 하는 현대 사회에서는 오히려 서향을 선호하기도 한다. 서쪽은 해가 지는 쪽으로, 석양이 그렇듯이 심리적으로 편안함을 준다고 한다. 열심히 일하는 것도 중요하지만 무엇을 어떻게 하는지가 더 중요해진 사회에서 심리적인 편안함이 주는 효과는 크다. 마당과 마루가 사라져가는 현대 가옥에서 편안함이란 더욱 중요한 요소가 될 것이다.

원래 풍수라는 것도 사람들이 얼마나 편안하게 살 수 있을까 하는 의문에서 출발했다. 따라서 산을 등지는 것이나 앞에 물을 두는 게 편리하고 편안했기 때문에 '배산임수背山臨水'라는 말이 나왔다. 따라서 풍수는 늘 바뀔 수밖에 없다. 다른 말로 집이 우선이 아니라 그 집에 사는 사람에 따라 달라진다는 것이다. 물론 집의 경제적 가치를 따지는 현대에는 조금 차이가 날 수도 있겠지만 본질적으로 집이 지닌 성격이 그렇다.

한옥은 지금이야 불편하다고 생각하겠지만 옛 한국 사람들에게 가장 잘 맞는 주거 형태였다. 우리의 생각과 환경이 바뀌면서 양옥이 편하고 양복이 편한 세상이 되었을 뿐이다. 돌이켜 생각해보면 참 많은 것이 변하고 있다는 것과 그 변화 아래에 변하지 않는 것이 있음을 알게 된다.

가볼 만한 민속마을

민속마을은 그냥 지나가며 보아서는 그 참맛을 느낄 수 없다. 유숙을 하며 여러 전통문화를 체험할 수 있는 프로그램을 운영하는 민속마을들을 찾아 마을 속으로 들어갈 때 비로소 제 맛이 난다. 그리고 2010년에 안동의 하회마을과 경주의 양동마을이 오랜 지속성을 인정받아 유네스코가 선정한 세계유산으로 지정되었다.

　　　충청남도 아산시 송악면 외암리 외암마을
　　　경상북도 경주시 내남면 명계리 흠실마을
　　　전라남도 나주시 다도면 풍산리 도래마을
　　　전라남도 보성군 득량면 오봉리 강골마을
　　　전라남도 순천시 낙안면 동내리, 서내리, 남내리 낙안읍성민속마을
　　　경상북도 영천시 임고면 선원리 선원마을
　　　경상북도 경주시 강동면 양동리 양동마을

양동마을

　　　경상북도 안동시 풍천면 하회리 하회마을
　　　경상북도 안동시 성곡동 안동민속촌
　　　경상북도 영양군 석보면 원리리 원리마을(두들마을)
　　　경상북도 영주시 문수면 수도리 무섬마을

무섬마을

경상북도 봉화군 봉화읍 유곡리 닭실마을
경상남도 산청군 단성면 남사리 남사마을
경상남도 거창군 위천면 황산리 황산마을
제주도 서귀포시 표선면 성읍리 성읍민속마을

가볼 만한 주거건축

경상북도 안동 하회 유씨 종가(조선 중기)
전라남도 해남 윤선도 고가(조선 중기)
경상북도 안동 의성 김씨 종가(조선 중기 55칸)
경상북도 달성 묘동 박욱 고가(조선 중기)
서울 창덕궁 연경당(조선 중기 99칸)
경상북도 경주 최준 고가(조선 후기)
경상남도 거창 정온 고택(조선 중기)

정온 고택

고
의
계

들
남
경

창과 문

집과 바깥의 경계는 문이다. 집과 방의 경계는 창이다. 창과 문은 둘러처진 벽 사이에 작은 자신만의 공간을 차지하고 세상과 소통한다. 그렇다고 이들이 직접 나서서 무엇인가를 하는 건 아니다. 공간을 차지하고 있지만 개폐라는 과정 속에서 세상으로 나가는 길을 열거나 닫거나 할 뿐이다.

안과 바깥, 창과 문

창과 문은 다르다. 나고 든다는 측면에서만 보면 문은 사람들이 들고 나기 위한 것이고 창은 공기나 빛이 드나들기 위한 것이다. 물론 창을 넘는 사람들도 있지만 보통 사람이라면 문으로 들고 난다. 이렇게 창과 문은 그것이 사람이든 빛이든 안과 밖을 나누는 경계이며 들고 남의 경계가 되는 곳이다.

집과 바깥의 경계는 문이다. 집과 방의 경계는 창이다. 창과 문은 둘러쳐진 벽 사이에 작은 자기만의 공간을 차지하고 세상과 소통한다. 그렇다고 이들이 직접 나서서 무엇인가를 하는 건 아니다. 공간을 차지하고 있지만 개폐라는 과정 속에서 세상으로 나가는 길을 열거나 닫거나 할 뿐이다. 많은 정자와 누각에 창과 문이 없는 것은 이런 이유 때문이다. 굳이 경계를 만들 이유가 없기 때문이다.

그런데 굳이 창과 문으로 경계를 삼아야 할까? 경계를 삼는다면 어느 쪽이 안쪽이고 바깥쪽일까? 나를 기준으로 한다면 내가 있는 곳이 안쪽이겠지만 세상은 반드시 그렇지만은 않다.

조선 중기의 학자 이항복은 임진왜란 때 큰 공을 세운 권율의 옆집에 살았다. 이항복의 집에는 오래된 감나무가 있었는데 가지가 권율의 집 너머로 드리웠다. 권율의 집에서는 매년 자기 집으로 넘어온 감나무 가지에서 감을 땄다. 이항복은 몇 차례 항의를 했지만 권율의 집에서는 감나무 가지가 담을 넘어왔으니 거기에 달린 감은 자기들 것이라고 주장했다. 하루는 이항복이 권율을 찾아가 아무 말도 하지 않고 권율의 방문에 주먹을 들이밀었다. 그리고 물었다. "이 주먹은 누구의 것입니까"라고. 권율은 웃으며 "그건 네 주먹이고 감도 너희 것이다"라는 말로 자기의 패배를 시인했다.

자, 어느 쪽이 안이고 바깥인가? 사실 길은 창과 문을 닮았다. 길에는 수많은 공간으로 갈 수 있는 창과 문이 있다는 점에서 그렇다. 여행을 한다는 것은 길에 나 있는 수많은 창과 문을 지나는 일이기도 하다. 어떤 창과 문을 선택할지는 여행자의 몫이다. 물론 길에 나 있는 창과 문에는 안과 밖이 따로 존재하지 않는다.

길은 창과 문을 닮았다. 길에는 수많은 공간으로 갈 수 있는 창과 문이 있다는 점에서 그렇다. 신라와 백제의 사이에 있어서 서로 넘나들던 나제통문. 이 문을 사이에 두고 언어와 문화가 차이가 난다. 안과 밖이 없으면서도 경계가 되는 셈이다.

전라북도 무주에 가면 나제통문羅濟通門이라는 문이 있다. '나제'는 신라와 백제의 줄임말이고 나제통문이란 신라와 백제의 경계관문으로 서로 넘나들던 문이라는 뜻이다. 문이라고 해서 여닫을 수 있는 인공적인 문이 아니라 석굴문이다. 그냥 구멍이 하나 뻥 뚫려 있을 뿐이다. 그러니까 안과 밖이 따로 없는 문이다. 그런데 이 문을 사이에 두고 언어와 문화가 차이가 난다. 안과 밖이 없으면서도 경계가 되는 셈이다.

노일제대귀일의 딸

옛 사람들은 온 사방에 신이 있다고 생각했다. 물론 문도 예외가 아니다. 사람들은 먼 길을 떠나거나 큰일이 있을 때 문의 신인 문신門神에게 제사를 지냈다. 옛 이야기를 보면 일곱 형제 가운데 여섯째와 막내가 앞뒤의 문신이 되었다. 그 이야기를 한번 보자.

옛날 남선 고을의 남 선비와 여산 고을의 여산 부인이 부부로 살았다. 집은 가난한데 아이들은 자꾸 태어나 모두 일곱 형제나 되었다. 부부는 먹고살 궁리를 하다가 곡식을 사고파는 장사를 하기로 결정했다. 남 선비는 경험도 없고 사람이 무른 탓에 오동 고을에서 나쁜 마음을 가진 노일제대귀일의 딸에게 장사 밑천을 모두 털리고 눈까지 거의 멀고 말았다.

한편 아무리 기다려도 남편이 돌아오지 않자 여산 부인은 아들들이 만들어준 배를 타고 정처 없이 남편을 찾아다니다가 오동 고을에서 남편을 찾았다. 노일제대귀일의 딸은 여산 부인이 남편을 찾으러온 것을 알고 속임수를 써서 연못에 빠뜨려 죽이고 스스로 여산 부인 행세를 하며 남 선비를 데리고 남선 고을로 갔다.

앞이 잘 보이지 않는 남 선비는 노일제대귀일의 딸을 여산 부인으로 착각했다. 그러나 자식들은 어머니가 가짜임을 알아차렸다. 노일제대귀일의 딸도 남 선비의 자식들이 그 사실을 눈치 챘음을 알았다. 어느 날 노일제대귀일의 딸이 작정하고 앓아누웠다. 사랑하는 아내가 앓아눕자 남 선비의 걱정이 태산 같았다.

"요 앞에 가면 점쟁이가 있을 터이니 내 병이 나으려면 어떻게 해야 하는지 물어나 보소."

노일제대귀일의 딸은 남 선비가 나가자 지름길로 나가 남 선비가 오기를 기다렸다. 남 선비가 아내의 병에 대해 묻자 손가락을 짚어보는 척하다가 물었다.

"아들이 일곱 있군. 일곱 형제의 간을 먹으면 나을 거야."

남 선비는 어깨를 축 늘어뜨리고 집으로 가서 아내에게 점쟁이의 말을 전했다. 그러자 그럴 수는 없다며 다른 점쟁이에게 물어보라고 말하고 역시 샛길로 가서 남 선비를 기다렸다. 남 선비가 아내의 병에 대해 묻자 당연히 같은 대답을 했다. 노일제대귀일의 딸이 일곱 형제를 죽이기 위해 꾸민 일이었다.

그리고 남 선비보다 먼저 집으로 와서 배가 아프다며 방바닥에서 뒹굴었다. 남 선비는 두 점쟁이가 같은 말을 했기 때문에 더 이상 의심을 하지 못했다. 일곱 형제는 그 이야기를 듣고 노일제대귀일의 딸이 자기들을 죽이려 한다는 것을 알았다. 그저 눈물만 주르륵 흐를 뿐이었다. 울다 지쳐 잠이 든 형제의 꿈에 어머니인 여산 부인이 나타나 살아날 방도를 일러주었다.

얼마 후 일곱 형제는 어머니가 일러준 대로 새끼 멧돼지 여섯 마리를 잡았다. 막내는 여섯 개의 간을 가지고 아버지를 찾아갔고 그 사이 다른 형제들은 집안을 에워쌌다. 노일제대귀일의 딸은 여전히 아픈 척하고 있었다. 간 여섯 개를 내놓고 밖으로 나와 안을 들여다보니 노일제대귀일의 딸은 입술에 피만 살짝 묻혀서 간을 먹은 척하고 몰래 숨겨놓고 있었다. 막내가 다시 방으로 들어가자 노일제대귀일의 딸은 간을 하나만 더 먹으면 병이 씻은 듯이 낫겠다는 말을 했다. 막내까지 죽이겠다는 말이었다.

막내는 큰 소리를 지르며 노일제대귀일의 딸에게 달려들었다. 형제들이 사방에서 달려들자 노일제대귀일의 딸은 바깥으로 도망치지도 못하고 벽에 구멍을 뚫어 화장실로 도망을 쳤고 거기서 자기 머리카락으로 목을 매어 죽었다. 이렇게 해서 노일제대귀일의 딸은 화장실의 신인 측도부인廁道婦人이 되었다. 한편 남 선비 또한 정신없이 달아나다가 사람이나 짐승의 출입을 막기 위해 걸쳐놓은 굵은 막대기에 목이 걸려 죽었다. 그래서 나무 기둥의 신인 주목지신柱木之神이 되었다.

일곱 형제는 복수를 위해 노일제대귀일의 딸의 몸을 끄집어냈다. 먼저 다리를 찢어 용변을 볼 때 디디고 앉는 납작한 돌로 만들고 몸도 잘게 찢어서 버렸다. 배꼽은 굼벵이가 되고 몸은 빻아서 바람에 날리자 각다귀와 모기로 변했다.

분풀이를 마친 일곱 형제는 서천 꽃밭으로 가서 사람을 살리는 꽃을 얻어 연못 속에 잠들어 있는 어머니를 살려냈다. 일곱 형제는 어머니를 모시고 고향으로 돌아왔다. 어머니는 오랫동안 물속에서 살아서 추울 테니 따뜻한 불을 쬘 수 있는 부엌의 신, 그러니까 조왕신竈王神이 되었다.

또한 일곱 형제는 각각 동서남북과 중앙의 장군이 되고 여섯째는 뒷문의 신이 되었다. 영리한 막내는 앞문으로 들어가 문신이 되었다. 그 이후로 명절이나 제사 때 문신에게 문전제라는 의식을 치르고 음식을 조금 떠서 지붕과 어머니신인 조왕신에게 올리게 되었다. 또한 여산 부인과 노일제대귀일의 딸 사이가 좋지 않았기 때문에 부엌과 화장실은 멀어야 하고 화장실의 것은 돌 하나, 나무 한 조각이라도 부엌에 가져가면 안 된다는 말이 생겼다.

대문과 창호

문 가운데 가장 큰 것은 대문이다. 대문은 건물과 마당에 출입하기 위해 만든 말 그대로 큰 문이다. 과거에 대문은 대개 집주인의 신분과 계급에 따라 그 생김새가 달랐다. 일반 주택의 대문은 크게 평대문과 솟을대문으로 나눌 수 있다.

평대문은 기와지붕을 한 일반서민의 주택과 중류주택의 대문으로 쓰이며 상류주택에서도 안채를 출입하는 중문에 쓰인다. 솟을대문은 대문이 설치되는 행랑채보다 한층 높게 지붕을 올린 것이다. 이렇게 지붕을 높게 만든 것은 종2품 이상의 벼슬아치들이 타고 다니던 초헌軺軒이 들어갈 수 있게 하기 위해서이다.

한편 서민들의 대문은 사립문이었다. 사립문은 잡목의 가지를 엮어서 만든 문이다. 예전에는 그것이 사립문이든 솟을대문이든 그곳을 지나면 마당이 나오고 다시 마루, 그리고 방으로 들어갈 수 있었다. 그나마 지금은 단독주택이 아닌 아파트나 연립주택의 경우에는 마당과 마루가 없다. 문을 열면 곧바로 거실과 방이 보인다. 중간지대가 없어졌다는 것은 그만큼 여유가 줄어든 것이다. 중간지대인 마당과 마루가 있었기에 예전에는 사립문을 열어두거나 엉성하게 만들었지만 지금은 그 중간지대가 사라졌고 그 탓에 문을 튼튼하게 만들고 굳게 잠그게 되었다.

궁이나 민가의 문이 단아하고 절제된 아름다움을 보여준다면 사찰 법당의 문은 화려하기 그지없다. 사찰 법당에서 흔히 볼 수 있는 빗살문은 여러 가지 꽃이나 문양을 새겨놓아 매우 아름답다. 다만 승려들이 거처하는 요사채의 문을 화려하게 장식하는 경우는 없다. 그것은 부

대흥사 창살문. 법당의 문살 장식은 주로 꽃이다. 꽃을 많이 쓴 이유는 활짝 핀 꽃이 불성佛性의 깨우침을 상징하기 때문이다.

처님을 모시는 곳과 승려들이 거처하는 곳이 엄연히 다르기 때문이다.

법당의 문살 장식은 주로 꽃이다. 연꽃을 비롯해서 모란, 국화, 해바라기 등이며 꽃을 추상화한 무늬도 있다. 꽃을 많이 쓴 이유는 활짝 핀 꽃이 불성佛性의 깨우침을 상징하기 때문이다. 늘 법당 문을 여닫으면서 깨달음을 잊지 말라는 뜻이겠다.

대문을 제외한 모든 창과 문을 창과 호戶의 복합어인 창호窓戶라고 말한다. 호는 집을 뜻하기도 하지만 문을 뜻하기도 한다. 전통적인 창호는 여닫는 방법에 따라 여닫이, 미닫이, 들어열개로 구분되고 재료에 따라 세살문, 널문 등으로 나뉜다. 세살문의 무늬에는 대살, 정자살, 아자살, 완자살, 용자살, 빗살, 꽃살 등이 있다.

대나무의 매듭

우리는 무엇을 시작할 때 관용어로 '문을 연다'는 표현을 자주 쓴다. 막을 여는 것을 의미하는 개막이라는 말도 그 연장선상에 있다. 그것은 닫혀 있어서는 무슨 일이든 시작되지 않음을 뜻한다. 집을 나서기 위해서라도 문을 열어야 한다. 그리고 무엇을 끝낼 때에는 문을 닫는다. 이렇듯 문을 여닫는 것은 매듭을 짓는 일이기도 하다.

어릴 때 대나무가 좋았다. 어디를 가도 대나무가 있었고 그 매끈

하면서도 강인한 느낌이 좋았다. 그런데 대나무가 속이 비었다는 것을 알고 참 신기하다는 생각이 들었다. 속이 텅 빈 나무가 어떻게 그다지도 높게 자랄 수 있는지 쉽게 이해할 수 없었기 때문이다. 그리고 오랜 시간이 지나 마디가 있어서 대나무가 높게 자란다는 것을 알았다. 마디는 다른 말로 매듭이다. 대나무는 스스로 삶의 매듭을 짓기 때문에 높게 자랄 수 있다.

대나무의 성장에 관한 비밀을 풀고 난 뒤부터 무슨 일이든 매듭을

쌍봉사 해탈문. 우리는 무엇을 시작할 때 '문을 연다'는 표현을 쓴다. 그것은 닫혀 있어서는 무슨 일이든 시작되지 않음을 뜻한다. 집을 나서기 위해서라도 문을 열어야 한다. 그리고 무엇을 끝낼 때에는 문을 닫는다. 이렇듯 문을 여닫는 것은 매듭을 짓는 일이기도 하다.

잘 지어야 한다는 것을 배웠다. 사는 것이 만만하지 않지만 적절한 시기에 매듭만 잘 지으면 평균 이상의 삶을 살 수 있음을 알게 되었다. 그러니까 문을 여닫는 일만 잘해도 중간은 간다.

마음의 문도 다르지 않다. 마음이 닫혀 있어서야 아무것도 시작할 수 없고 마음을 늘 열어놓아서는 그 고통을 감당하기가 쉽지 않다. 우리가 사는 곳이 늘 마음을 열고 살 수 있는 세상이면 얼마나 아름다울까? 그러나 더 이상 그럴 수 없는 세상이 되고 말았다.

그러나 마음의 문을 넓히는 일이라면 어떨까? 앞에서 본 대로 신분이 높거나 집이 클수록 대문이 큰 것처럼 마음이 넓은 사람이 큰 사람이다. 새삼 법당 문살에 새겨진 꽃들을 떠올려본다. 늘 깨우침을 잊지 않기 위해 활짝 핀 꽃을 새겨놓은 법당 문살. 우리 마음에도 이렇게 활짝 핀 꽃 한 송이 있었으면 좋겠다.

가볼 만한 법당 문살

● 쌍계사 대웅전(보물 제408호)

대웅전의 문은 앞면 5칸을 모두 같은 간격으로 2짝씩 달았는데 문살에 화려한 꽃 새김이 있다. 연꽃, 모란을 비롯해 여섯 가지 무늬로 새겨 색을 칠하였는데 섬세하고 정교한 조각 솜씨를 엿볼 수 있다.

소재지: 충청남도 논산시 양촌면 중산길 192, 쌍계사(중산리)

● 동학사 대웅전

동학사 대웅전에는 독특하게도 사군자와 세한삼우(소나무, 대나무, 매화)가 투각되어 있다. 그래서 병풍을 보는 듯한 느낌이 든다. 사군자와 법당이 잘 어우러져 있다.

소재지: 충청남도 공주시 반포면 동학사1로 462

● 내소사 대웅보전

사찰 꽃 장식 가운데 최고로 꼽히는 것이 내소사 대웅보전의 창살이다. 색이 퇴색되기는 했지만 그 정교함은 찬란하다.

소재지: 전라북도 부안군 진서면 내소사로 243

● 정수사 대웅전

정수사 대웅전에 있는 꽃 장식에는 다른 곳에서 볼 수 없는 꽃병이 있다. 또한 투각했기 때문에 꽃들이 싱싱하게 살아 있는 느낌이다.

소재지: 인천 강화군 화도면 해안남로 1258번길 142

이 밖에도 부산 범어사 대웅전, 경상북도 칠곡 송림사 대웅전 등에서 불교의 아름다운 꽃밭을 만날 수 있다.

사 색 과
놀 이
그 리 고
쉼

누와 정

누와 정은 자연에 군림하지 않는다. 자연스러움을 강조하기 위해, 자연과 함께임을 보여주기 위해 누와 정 주위에 나무를 심었다. 유럽의 성처럼 높고 잘 보이는 곳이 아니라 자연과 사람이 서로 어울리는 공간으로 말이다.

사색적인 쉼

힘들고 지친 여행길에서 누樓와 정亭을 만나면 우선 반갑다. 마음까지 내려놓고 쉴 수 있어서 좋다. 손때 묻은 반질반질한 나무 바닥에 앉아 잠시 졸아도 좋다. 지금이야 지친 한 몸 쉬면 그만이겠지만 예전이라면 그에 더해 사색과 놀이가 있었을 것이다.

누와 정을 만끽하고 싶다면 동해안을 따라 나 있는 7번 국도를 지나며 관동팔경에 속하는 울진의 월송정과 망양정, 고성의 청간정, 삼척의 죽서루와 그 밖의 많은 정자와 누를 찾을 수 있다. 이들은 대개

바다를 끼고 있어서 눈과 귀를 즐겁게 하고, 비릿한 바다 냄새까지 즐길 수 있는 동백정. 관동팔경뿐만 아니라 서해안을 끼고 있는 동백정에서도 일출·일몰의 장관을 바라볼 수 있다.

바다를 끼고 있어서 눈과 귀를 즐겁게 하고, 비릿한 바다 냄새까지 즐길 수 있다. 먼 지평선과 발 아래에서 끊임없이 들려오는 파도소리는 그래서 약간은 흥분된 쉼을 선사한다. 파란 바다와 파도소리가 조금 지겨워지면 내륙으로 조금 들어간 곳에 있는 죽서루에서 발길을 멈추고 보이지 않는 바다와 들리지 않는 파도소리를 들으면 된다.

한편 전라남도 광주 인근의 고서 나들목에서 빠져 나가면 작고 아담하지만 사색적인 쉼을 얻을 수 있는 정자들이 즐비하다. 송강정을 필두로 식영정, 취가정, 풍암정, 독수정, 환벽당 그리고 소쇄원까지 길이 이어져 있다. 이곳의 정자들은 동해안의 그것들과 달리 대개 낮은 언덕에 소나무를 병풍처럼 두르고 보일 듯 말 듯 숨어 있어 그곳을 찾으면 무언가 사색적인 분위기를 얻을 수 있다. 주위 풍경에 따라 조금씩 다른 느낌을 얻을 수도 있고 말이다.

식영정의 '식영息影'은 '그림자가 쉬고 있다'는 뜻이다. 그것이 구름의 그림자이든 햇살 따라 자리를 옮기는 소나무의 그림자이든, 가만히 두 발 모으고 쉬는 모습을 떠올려본다. 그리고 내 그림자를 돌아본다. 온통, 한 줌도 남김없이 쉬어본 적이 있을까. 그림자까지 모두 내려놓고 말이다. 식영정에서 소나무 무리 사이로 보이는 광주호를 바라보며 다시 생각해본다.

식영정에서 본 광주호. 식영정의 식영息影은 '그림자가 쉬고 있다'는 뜻이다. 그림자까지 모두 내려놓고 쉬는 것. 우리는 온통, 한 줌도 남김없이 쉬어본 적이 있을까.

사색과 놀이 그리고 쉼
누와 정

정철과 김윤제

식영정에서 다리를 건너 좁은 길로 들어서면 긴 담벼락이 나오고 그 담을 따라가면 환벽당이라는 곳이 나온다. 그러니까 식영정과 청계천을 사이에 두고 어슷하게 자리하고 있다. 환벽環碧은 온통 푸르다는 뜻이겠다. 환벽당의 현판은 우암 송시열의 글씨다.

옛날 환벽당의 주인은 나주 목사를 지낸 김윤제였다. 그는 조정에서 사화가 일어나자 벼슬을 내놓고 고향으로 돌아왔다. 김윤제는 벼슬에 뜻을 버리고 집 뒤에 별당을 하나 지어 자연과 더불어 살면서 후진을 양성하겠다는 뜻으로 환벽당을 지었다.

환벽당에서 가장 뛰어난 사람은 송강 정철이었다. 그는 27세의 나이에 과거 급제를 해 환벽당을 떠날 때까지 무려 10여 년을 그곳에서 보냈다. 김윤제와 정철의 만남에 관한 재미있는 이야기가 전해온다.

더운 여름날, 김윤제가 환벽당에서 달콤한 낮잠에 빠져 있었다. 그러다가 김윤제는 갑자기 놀란 표정으로 벌떡 자리에서 일어났다. 놀라운 꿈을 꾸었던 것이다. 환벽당 앞에 물웅덩이가 있는데 바로 그곳에서 용이 놀고 있는 꿈이었다. 머리를 흔들어 잠을 쫓아낸 김윤제는 물웅덩이로 가보았다. 그곳에는 한 소년이 더위를 피해 멱을 감고 있었다.

그 소년이 바로 정철이었다. 정철은 청계천 건너편에 살았다. 정철은 형의 처가가 있는 순천으로 가던 중에 더위를 참지 못하고 물속으로 뛰어든 참이었다. 김윤제는 정철을 불러 요모조모 뜯어보고 아이의 장래를 확신했다. 김윤제는 정철을 환벽당에 불러 공부를 시켰다. 그뿐만 아니라 외손녀와 결혼을 시켜 사위로 맞이했다.

정철은 김윤제의 후원 아래 당대 최고의 학자인 기대승이나 김인후에게 학문을 배울 수가 있었다. 그리고 정철이 정계에 진출하는 데 든든한 줄이 되어주었다. 정철은 더운 여름날 먹을 한번 감은 것으로 완전히 삶이 바뀌었다. 환벽당 앞에는 큰 바위가 있는데 그곳에서 정

환벽당 가는 길. 식영정에서 다리를 건너 좁은 길로 들어서면 긴 담벼락이 나오고 그 담을 따라가면 환벽당이라는 곳이 나온다. 환벽環璧은 온통 푸르다는 뜻이겠다.

환벽당. 김윤제는 자연과 더불어 살면서 후진을 양성하겠다는 뜻으로 환벽당을 지었다. 환벽당에서 가장 뛰어난 사람은 송강 정철이었다. 그는 27세의 나이에 과거에 급제해 환벽당을 떠날 때까지 무려 10여 년을 이곳에서 보냈다.

철이 쓴 〈성산별곡〉의 배경인 성산을 볼 수 있고 정철이 멱을 감았던 곳은 바로 바위 아래에 있다. 〈성산별곡〉에 나오는 식영정의 풍경을 소개하면 이렇다.

식영정 송강 성산별곡비. 어떤 길손이 성산에 머물면서/서하당 식영정 주인아 내
말 듣소./인간 세상에 좋은 일 많건마는/어찌 한 강산을 갈수록 낫게 여겨/적막 산
중에 들고 아니 나오신가.

소나무 밑동을 다시 쓸고 죽상에 자리를 만들어

잠시 잠깐 올라 앉아 어떠한가 다시 보니

멀리 하늘가에 뜬 구름은 서석을 집을 삼아

나가는 듯 들어가는 모양이 주인의 풍류와 어떠한고

푸른 시내 흰 물결이 정자 앞에 둘러 있으니

직녀가 짠 아름다운 비단을 누가 베어 내어

잇는 듯 펼쳐놓은 듯 야단스럽기도 야단스럽구나.

누와 정의 기능

누와 정은 사람들의 예술적 취향이 자연과 만나면 어떻게 드러나는지를 선연하게 보여주는 건물이다. 누와 정이라는 말이 어색하다면 누는 누각, 정은 정자로 바꾸어도 괜찮다. 누정의 다른 이름으로 헌軒, 당堂, 대臺 등이 붙기도 한다. 누정보다 작은 것이 모정茅亭이다. 모정은 벽이나 문 없이 지붕만 얹은 집인데, 원두막을 생각하면 쉽게 이해할 수 있다. 따라서 누정이 경치가 좋은 곳에 있는 데 비해 모정은 농부들이 짬짬이 쉴 수 있는 농경지 부근에 있다.

누는 중층으로 1층에는 우물마루를 두지 않고 2층에 우물마루를 둔 큰 규모이고 정은 누보다 작은 규모로 주로 단층이다. 생김새는 사각형도 있고 육각형, 팔각형 등 매우 다양하다. 누와 정은 실제 생활과는 거리가 먼 공간이다.

사실 누와 정은 일반적으로 남자들을 위한 장소였다. 누와 정이 지닌 역할을 보면 그 성격이 뚜렷하다. 대개 누와 정은 경치가 좋은 곳에 세워져 있는데 가장 쉽게 생각할 수 있는 것이 휴식과 유흥이다. 경제적으로 여유가 있는 선비들은 누와 정에서 휴식을 취하거나 여러 사람들이 한자리에 모여 유흥을 즐겼다. 이런 모습은 이미 많은 문학작품을 통해 알려져 있다.

식영정. 식영정 시단에는 임억령, 김성원, 고경명, 정철 등이 속해 있다. 이들은 식
영정에 모여 학문을 발전시키고 마음을 수양했다.

문학 가운데 누정樓亭 시단詩壇이라는 게 있다. 예를 들어 식영정 시단이라고 하면 식영정에 모여 선비들이 시를 읊으며 시적 교유를 하는 일군의 무리를 가리킨다. 실제로 식영정 시단에는 임억령, 김성원, 고경명, 정철 등이 속해 있다. 이들은 식영정에 모여 학문을 발전시키고 마음을 수양했던 것이다.

또한 앞의 이야기에서 보듯 누와 정은 사설 교육기관의 역할도 했다. 김윤제가 정철을 환벽당으로 불러 공부를 시킨 것이 그렇다. 이 밖에도 씨족이나 마을 공동체의 모임을 위한 장소로 누정이 활용되기도 했고, 오고가는 벼슬아치를 접대하는 장소로도 쓰였으며, 경계를 알리는 기능도 있었다. 심지어 전쟁 때에는 지휘본부로도 활용되었다.

자연과 어울리는 공간

누와 정은 대개 경치가 좋은 곳에 세워져 있다. 그렇다고 유럽의 성처럼 높은 곳에 우뚝 솟아 있는 누와 정은 없다. 누와 정은 숨어 있듯이 있다. 주위에 나무가 많이 심어져 있어서 밖에서 볼 때 안이 잘 들여다보이지 않는다. 아니면 길이 직선으로 나 있지 않아 길을 돌아서야 보인다. 따라서 안에서도 바깥을 전망대처럼 활짝 열어놓고 볼 수 없다.

여행도 누와 정을 닮았다는 생각이 든다. 언뜻언뜻 보일 듯한 그 무엇인가를 찾아다니며 공부하고 사색하고 놀기도 하는 그런 것이 여행이라면 말이다. 이런 면에서 삶 또한 다르지 않겠지만……. 그것은 자연스럽다는 면에서 더욱 그렇고 그래야 한다.

자연스럽다는 것은 우리의 삶이나 여행이 지녀야 할 가장 큰 미덕일지도 모른다. 누와 정은 자연 속에서 자연스럽게 자리하고 있다. 그것은 가까운 나라 일본의 정원이 인공미가 지나치게 많은 것과 비교하면 확연해진다. 일본은 자연을 인공적으로 가두어 아름다움을 만들었고 우리는 자연과 함께 어울리며 아름다움을 추구했다는 점에서 다르다.

환벽당. 누와 정은 대개 경치가 좋은 곳에 세워져 있다. 그렇다고 유럽의 성처럼 높은 곳에 우뚝 솟아 있는 누와 정은 없다. 누와 정은 숨어 있듯이 있다. 주위에 나무가 많이 심어져 있어서 밖에서 볼 때 안이 잘 들여다보이지 않는다.

누와 정은 자연에 군림하지 않는다. 자연스러움을 강조하기 위해, 자연과 함께임을 보여주기 위해 누와 정 주위에 나무를 심었던 것이다. 그렇지 않았다면 유럽의 성처럼 높고 잘 보이는 곳에 건물을 세웠을 테니까.

자연과 사람이 서로 어울리는 공간이 바로 누와 정이다. 그것은 비단 누와 정만 그런 것이 아니다. 옛 건축물들을 관심 있게 보면 주위 자연과 어울려 있음을 금세 알 수 있다. 산의 흐름과 지붕의 흐름이 그렇다. 아기를 안고 있는 어머니처럼 서로를 편하게 안고 있다. 지금이야 개발에 밀려나고 있지만 우리 문화의 특징 가운데 하나가 바로 이 자연스러움이다. 누와 정에서 새삼 느끼게 되는 그 자연스러움.

가볼 만한 누와 정

동네 뒷산에 올라가도 정자 하나쯤은 있다. 군이 누와 정을 찾는 것은 주변과 어우러진 풍광 때문이다. 이름난 누와 정이 있는 곳은 당연히 경치가 좋은 곳이다.

● 관동팔경

관동팔경은 관동지방, 그러니까 강원을 중심으로 한 동해안에 있는 8개소의 명승지를 가리킨다. 이 가운데 삼일포와 총석정은 북한 지역에 속해 있고 낙산사와 경포대를 뺀 울진의 월송정, 울진의 망양정, 고성의 청간정, 삼척의 죽서루가 누와 정이다. 또한 모두 바닷가에 있지만 삼척의 죽서루만 내륙에 있다.

● 송강유적지

송강정(전라남도 담양군 고서면 송강정로 232), 환벽당(광주광역시 북구 환벽당길 10), 식영정(전라남도 담양군 남면 가사문학로 859) 등의 정자는 모두 송강 정철과 관련이 있는 곳이다. 인근에 취가정, 독수정, 면앙정 등의 정자가 있다.

너 와
나 의
구 별 이
있 는 곳

성

그 무엇인가를 지키기 위해 있는 것이 성이다. 지킨다는 것은 지킬 것이 생겼다는 것과 빼앗으려고 하는 대상이 있음을 전제로 하는 말이다. 그래서 지금은 평화로워 보이는 성벽에는 오랜 세월 흡착된 피가 묻어 있고 성벽을 쓰다듬으면 비명 소리가 들릴 듯하다.

성의 경계 기능

성城은 갈등이라는 말을 떠올리게 한다. 그 무엇인가를 지키기 위해 있는 것이 성이니까. 지킨다는 것은 지킬 것이 생겼다는 것과 빼앗으려고 하는 대상이 있음을 전제로 하는 말이다. 그뿐만 아니다. 성은 성 안쪽과 바깥쪽을 구별한다. 너와 나의 구별이 있는 곳이다.

실제로 성을 쌓기 시작한 것은 구별에서 비롯되었다. 처음에는 맹수의 습격을 막기 위해서였지만 점차 적이라고 불리는 다른 사람들을 막는 것으로 변했고 결국 사람들을 나누고 통제하기 위한 목적으로 성을 쌓게 되었다. 그래서 지금은 평화로워 보이는 성벽에는 오랜 세월 흡착된 피가 묻어 있고 성벽을 쓰다듬으면 비명 소리가 들릴 듯하다.

어쩌면 그 치열한 역사 때문에 성벽이 더욱 안온하고 평화로워 보이는 것일지도 모른다. 사람도 그러하지 않은가. 치열한 삶 속에서 평안을 얻은 사람의 모습이 처음부터 평화롭게 산 사람보다 더 평온하게 보이는 것처럼 말이다.

전라북도 고창에서는 매년 음력 9월 9일을 전후해서 고창 읍내에 있는 모양성에서 고창모양성제라는 축제가 열리고 그 행사 가운데 여자들만 참가하는 성 밟기가 열린다. 머리에 돌을 이고 성벽 위를 걸으면 병 없이 오래 살 수 있고 죽어서도 좋은 곳에 간다는 믿음에서 유래한 풍습이다. 구체적으로 보면 한 바퀴를 돌면 다릿병이 낫고, 두 바퀴

고창 읍내에 있는 모양성. 머리에 돌을 이고 한 바퀴를 돌면 다릿병이 낫고, 두 바퀴를 돌면 무병장수하고, 세 바퀴를 돌면 극락에 간다고 한다.

를 돌면 무병장수하고, 세 바퀴를 돌면 극락에 간다고 한다. 말로는 극락이 가까이 있을 듯하다. 한번 돌을 머리에 이고 고창읍성을 한 바퀴 돌아보라. 극락 가기의 어려움을 절로 알 수 있다.

그런데 성은 남자들과 연관이 있을 듯한데 왜 여자들만 참가했을까? 그건 임진왜란 때 행주산성에서 유래한 행주치마와 비슷한 이유 때문이다. 머리에 돌을 이고 성을 밟은 여자들은 그 돌을 성 입구에 쌓아두어야 했다. 이 때문에 여자들이 고창읍성을 쌓았다는 전설도 전해진다.

고창읍성은 서산의 해미읍성과 함께 원형이 가장 잘 보존된 성곽 가운데 하나이다. 봄이면 벚꽃이 성을 환하게 빛내고 성안에서는 하늘을 향해 치솟아 있는 굵은 맹종죽을 만날 수 있다. 게다가 성 바로 앞에는 판소리를 정리한 신재효의 옛집이 있어서 또 다른 재미를 맛볼 수 있다. 그러나 무엇보다 성벽 위에 서서 고창의 너른 평야를 바라보는 것이 으뜸이다.

성벽을 사이에 둔 공방전이 사라진 오늘날 성은 사람들의 건강을 보살피고 멋진 전망을 제공해주는 전망대 역할을 하고 있다. 전쟁과 평화는 인도의 신 아수라처럼 서로 다른 얼굴일 뿐이다.

너와 나의 구별이 있는 곳
성

상당산의 과부와 남매 쌍둥이

충청북도 청원 산성리에 상당산성이 있다. 충청북도 보은의 삼년산성과 함께 충청북도를 대표하는 산성이다. 상당산성은 삼국시대에 세워졌는데 조선시대까지 꾸준히 개축이 이루어졌다. 그만큼 가치가 높았던 성이다. 흥미로운 것은 보은의 삼년산성과 상당산성의 축성 이야기가 거의 비슷하다는 점이다. 거기에 이런 이야기가 전해진다.

옛날 상당산 자락에 한 과부가 살았다. 하루는 큰 호랑이가 과부의 집을 찾아와 하룻밤을 지내고 갔다. 그로부터 열 달 후 과부는 아이를 낳았는데, 남매 쌍둥이를 낳았다. 이 남매 쌍둥이는 태어나자마자 걷기 시작했고 힘도 무척 셌다.

하루는 과부의 꿈에 노인이 나타나 남매 쌍둥이는 보통 아이가 아닌 장수인데, 한 집에서 장수 둘이 태어나면 둘 다 죽을 테니 하나를 죽여야 한다고 일러주었다. 만약 둘 다 키우면 남매는 물론이고 과부마저 죽을 것이라고 했다. 과부는 큰 고민에 빠졌다. 도대체 누굴 죽여야 한단 말인가?

과부는 오랜 고민 끝에 내기를 해서 지는 쪽을 죽이기로 결심했다. 과부는 두 아이를 불렀다. 과부는 딸에게는 박달나무 껍질로 짠 치마를 주면서 그것을 입고 돌을 날라 성을 쌓고, 아들에게는 석 자나 되는 굽이 높은 나막신을 주면서 그것을 신고 서울에 갔다 오라고 일렀다. 남매는 어머니의 말에 따라 내기를 시작했다.

　아들은 나막신을 신고 서울로 떠났고 딸은 돌을 나르기 시작했다. 그런데 딸이 성을 거의 쌓도록 아들은 돌아올 기미를 보이지 않았다. 과부는 아들을 살리고 싶었다. 그래서 밤을 한 말 삶아서 딸에게 챙겨 가서 먹으라고 주었다. 시간을 끌려고 했던 것이다.

　딸은 어머니가 준 밤을 모두 먹고 다시 돌을 쌓기 시작했다. 마침내 돌 하나만 올려놓으면 성은 완성이었다. 마음이 급해진 어머니는 얼른 찰밥을 해서 딸에게 가지고 갔다. 딸은 성을 다 쌓은 다음에 먹겠다고 했다. 그러나 과부는 찰밥부터 먹고 성을 쌓으라고 역정을 냈다. 하는 수 없이 딸은 찰밥을 먹기 시작했다.

　딸이 찰밥을 먹고 있을 때 서울로 갔던 아들이 돌아왔다. 딸은 어머니의 방해 때문에 내기에서 지고 말았다. 딸은 스스로 바위로 몸을 던져 죽고 말았다. 과부는 아무리 아들이 이기기를 바랐지만 막상 딸이 죽자 너무 슬펐다. 과부는 산봉우리에 일곱 개의 바위를 세우고 거기에 사당을 짓고 제사를 지냈다.

　혹시 상당산성에 가게 되면 일곱 개의 바위와 딸이 스스로 목숨을 끊은 바위를 찾아보라. 또한 산 중턱에 아들이 오줌을 누어 구멍이 뚫린 바위도 있다.

너와 나의 구별이 있는 곳

성

성의 유래

성은 홍수 또는 적의 습격을 막기 위해 주위에 장벽을 치기 시작한 데에서 유래했다. 성城이라는 글자에서 보듯이 흙〔土〕을 가득 채운〔盛〕 것이다. 성은 원래 목적이 방어였기 때문에 역시 지킨다는 의미를 가진 방패〔干〕와 결합해 간성干城이라고 불리기도 했다. 따라서 성은 처음에 모두를 위한 것이었다.

그러나 차츰 사람들이 늘어나면서 사람들 모두가 성에 살 수 없게되었다. 성에서 내려와 산기슭이나 평지에 사는 사람들이 생겼고, 다시 세월이 흐르면서 성은 신전이나 군주 등 특별한 계층의 사람들이 사는 곳이 되었다. 홍수나 적의 습격으로 위급할 때에만 모두 성으로 들어갈 수 있었다.

훗날 성 바깥에 사는 사람들의 생활이 향상되면서 성 주위에 벽을 설치했는데 그것이 곽郭이다. 곽은 방어의 의미보다는 둘러싼다는 의미가 더 강했다. 따라서 적의 공격이 있는 경우 곽은 쉽게 무너졌다. 도시가 발달하면서 곽의 기능이 강화되기 시작했고 경우에 따라서는 성처럼 견고한 벽이 세워졌다. 이렇게 되자 성과 곽의 차이가 없어졌고 이때부터 성곽이라고 합쳐서 부르게 되었다.

성곽 안에는 도로가 생겼다. 큰 것을 가街라고 불렀고 가에서 갈라지는 도로를 구衢라고 불렀다. 가와 구에 의해 둘러싸인 곳을 이里라고 부르고 그 주위에 흙을 쌓은 담을 장牆이라고 불렀다. 이로 들어가기 위해서는 문을 지나야 하는데 그것을 여閭라고 한다. 여 안에 들어가서 만나게 되는 길을 항巷이라고 부르는데 그것이 좁은 길일 때는 누항陋巷이라고 불렀다. 누항은 원래는 좁은 길이지만 차츰 좁다는 의미에 더럽다는 의미가 더해져 좁고 더러운 거리를 가리키는 말이 되었다. 또한 이 안에 있는 공터를 숙塾이라고 부르며 아이들이 모여 놀거나 작은 행사가 열렸다.

지금은 큰 도시를 시市라고 부르지만 예전에는 큰 도시에 있는 상업 지구를 시라고 불렀다. 시장을 연상하면 된다. 고대 그리스의 아고라와 같은 곳이다.

우리나라의 경우 기원전 1, 2세기경 높은 지대에 위치한 집단거주지가 형성되면서 그 방어시설로 둑이나 호를 만든 것에서 성이 비롯되었을 것으로 생각된다. 성이 본격적으로 축성되기 시작한 것은 삼국시대이다. 삼국이 서로 영토를 확장하면서 전쟁이 일어났고 성이 필요해졌기 때문이다. 따라서 전투가 잦은 곳에 산성이 많이 생겼다. 그 시기는 대략 4세기경이다.

성은 재료에 따라 나무로 만든 목책성, 흙을 쌓은 토성, 돌로 쌓은 석성, 흙과 돌을 함께 쓴 토석혼축성, 벽돌로 쌓은 전축성으로 구분할 수 있다. 나무를 땅에 박아 가로 세로로 엮어 만든 담인 목책성은 가장 초보적인 형태지만 행주치마로 유명한 조선시대의 행주산성도 이중으로 된 목책성이었다. 토성은 돌을 운반하기 어려운, 그러니까 석성을 쌓기 힘든 곳에 축조되었다. 잘 알려진 토성은 백제의 풍납토성, 공주의 공산성, 부여의 부소산성 등으로 고려 말까지 유행했고, 조선 초 한양의 도성도 토성이었다. 석성은 삼국시대부터 축조되었고 원래 토성이던 것을 석성으로 개축한 것도 많다. 조선시대에 세워진 성은 대개 석성이다. 또한 성은 누가 거주하는가에 따라 도성都城, 왕성王城, 수원 화성처럼 왕이 늘 있지는 않고 임시로 머무는 행재성行在城, 읍성 등으로 구별할 수 있다.

거인의 정원과 아이들

영국의 소설가 오스카 와일드의 소설 〈거인의 정원〉은 바깥에는 봄이 왔지만 담장을 높게 두르고 사는 거인의 집에는 추운 겨울만 계속될 뿐 봄이 오지 않다가, 아이들이 몰래 집 안으로 들어와서 놀고 처음에 아이들을 싫어하던 거인이 아이들과 어울리면서 담장을 무너뜨리자 비로소 봄이 온다는 유명한 이야기이다.

이 이야기는 구별이 있는 곳에는 봄이 오지 않고 평화도 없음을 보여준다. 사람 사는 곳에 구별이 없을 수 없고 울타리가 필요한 것이지만 구별과 울타리로 해서 잃는 것도 많음을 잊어서는 안 된다. 가진 것이 많을수록 그것을 지키기 위해 높고 강한 울타리가 필요해지겠지만 그만큼 자유를 잃게 된다.

요즘 '쿨하다'는 말을 자주 쓴다. '쿨'이라는 말이 좋다는 말과 같은 뜻으로 쓰인다. 우리는 쿨하게 산다고 말하며 사실은 높고 견고한 성을 쌓고 사는 게 아닐까? 성문을 굳게 걸 듯 마음을 닫아걸고 너와 나를 구별하고 거리를 둔다.

문을 열어두면 적이 침입할 수도 있고 도적이 들어올 수도 있다. 그래서 상처를 입고 괴로움을 당할 수도 있다. 상처를 입지 않기 위해 쿨하게 사는 게 아닌지 돌아보아야 할 때이다. 때로 상처나 괴로움은 마음의 꽃을 피우는 데 거름이 되기도 한다. 마음속의 성을 허물 수 있어야 한다. 그래야 마음에 봄이 오고 꽃이 핀다.

너와 나의 구별이 있는 곳

성

가볼 만한 성

읍성을 제외하면 성은 높은 곳에 있기 때문에 대부분 훌륭한 전망대 역할을 한다. 또한 산성 길은 능선인 경우가 많아서 가볍게 트레킹을 하기에 좋다. 성이 많은 까닭에 여기서는 찾아가기 편한 읍성만 소개한다. 보존이 양호한 읍성으로 해미읍성, 낙안읍성, 고창읍성을 꼽을 수 있다.

● 해미읍성

1491년에 축조된 성이다. 서해안 방어의 임무를 맡은 성이었다. 한때는 성안의 건물들을 철거하고 초등학교, 우체국, 민가 등이 있었지만 지금은 복원사업을 거쳐 원래의 모습을 되찾았다. 유적으로는 천주교 박해 현장이 보존되어 있다.

소재지: 충청남도 서산시 해미면 남문2로 143

● 낙안읍성

축조 시기는 알려져 있지 않다. 처음에는 왜구의 침입을 막기 위해 세운 것으로 보인다. 전설에 따르면 임경업 장군이 열다섯 살 때 하룻밤에 세웠다고 한다. 낙안읍성에는 민속마을이 있어 전통문화를 만날 수 있다.

소재지: 전라남도 순천시 낙안면 충민길 30

● 고창읍성(모양성)

축조된 시기는 정확하지 않다. 고창읍성은 부녀자들만 참가할 수 있는 성 밟기가 유명하다. 머리에 돌을 이고 성을 한 바퀴 돌면 그해 건강하게 지낼 수 있다고 한다. 고창읍성 앞에는 판소리로 유명한 신재효의 생가가 있다.

소재지: 전라북도 고창군 고창읍 판소리길 20

한 시대의

문 화 가

고 스 란 히

살아 있는 곳

이제 궁궐에는 왕도 왕비도 살지 않는다. 그러나 궁궐은 우리의 삶과 과거를 살았던 우리 조상들의 삶이 서로 만날 수 있는 공간이 아닐까.

창경궁과 창경원

창경궁의 출입구인 홍화문의 글씨는 조선시대의 명필이었던 성임成任의 것으로 추사 김정희가 "한석봉의 글씨도 이와 같지 않겠다"라고 절찬한 바 있다. 창경궁 안에는 넓은 마루가 있어서 걷다가 지친 사람들이 편히 쉴 수 있다.

그 마루에 앉아 풍경을 보면 창경궁이 얼마나 아름다운 곳인지를 알 수 있다. 한참을 돌아온 세월처럼 등이 굽은 소나무, 왠지 기분이 까칠까칠해지는 흙길, 그 사이로 몇 채의 건물들이 눈에 들어온다. 그 건물 너머로 종묘와 통하는 다리가 있다.

다리로 가기 위해서는 휴게소를 지나야 한다. 그곳에는 앉아서 담배를 피거나 장기를 둘 수 있는 자리가 몇 군데 있고 음료수를 파는 곳도 있다. 그리고 신랑 신부들의 사진촬영을 도와주기 위해 만들어놓은 간이 탈의장도 있다.

이곳에 서면 창경궁이 아닌 창경원에 온 듯한 느낌이 든다. 여우며 늑대, 호랑이, 기린 등이 살고 있던 창경원 말이다. 동물들이 살고 있었다면 혹여 낭만적으로 느낄지도 모르겠다. 그러나 그들은 우리에 갇혀 있었다. 창경궁이 창경원이 된 것도 다 이 녀석들 때문이다. 물론 이 녀석들을 그곳에 몰아넣은 녀석들이 따로 있지만 말이다. 그리고 그 녀석들은 창경궁에서 밤 벚꽃놀이도 즐겼다. 그리고 우리들도 오랫동안 4월이면 밤에 핀 벚꽃을 구경했다.

일제는 1909년에 남의 궁궐을 동물원으로 만들더니 한일합방의 해인 1910년에는 이름도 창경궁에서 창경원으로 바꾸었다. 구경의 대상으로서의 동물과 벚꽃은 궁궐을 동물원으로 격하시키려는 의도 때문이었지만 그보다 더욱 심각한 문제가 내재하고 있다. 이제 궁궐에는 왕도 왕비도 살지 않는다.

그렇다면 궁궐은 현대를 사는 우리에게 어떤 의미일까? 그것은 우리의 삶과 과거를 살았던 우리 조상들의 삶이 만날 수 있는 공간이라는 의미가 아닐까. 만남에는 그리움이나 간절함 또는 회한 따위의 어떤 느낌이 필요하다. 그런데 일제는 창경궁을 창경원으로 만들면서 이 느낌을 제거했다. 다시 말해서 창경궁을 느낌의 장소가 아닌 구경의 장소로 바꿔놓은 것이다.

시골 사람들이 서울에 오면 창경원은 남산과 함께 한번쯤 들러 구경하는 곳이었다. 나와 우리 조상의 이야기가 흘러나오는 것이 아니라 동물들의 울음소리가 들리고 밤 벚꽃 아래에서 퍼져 나오는 술 냄새가 있을 뿐이었다.

다행히 지금은 우리의 느낌을 방해하는 것은 없다. 딱히 현재와 과거의 만남이라는 거창한 표현은 치우고 지극히 개인적인 나와의 사색과 만남을 위해서라도 동물들의 울음소리와 술 냄새는 사라져야 했다. 1983년 창경궁은 잃었던 본래의 이름을 되찾고 동물들의 울음소리와 술 냄새를 궁 밖으로 내쫓았다. 이제 우리를 방해하는 것은 없다. 조상들을 떠올려도 좋고 내 속의 또 다른 나를 만나도 좋을 것이며 그리하여 훗날 조상이 될 것을 생각하며 오늘을 성찰해도 좋다.

　창경궁의 건너편에는 삶과 죽음이 공존하는 종묘가 있다. 원래 창경궁과 종묘는 서로 다른 곳이 아니었지만 일제가 그 사이로 길을 뚫는 바람에 견우와 직녀처럼 서로 떨어지고 말았다. 조선시대의 왕들은 권력의 정통성을 조상에서 찾았기 때문에, 다른 말로 해서 조상이 왕이었기 때문에 자기도 왕이 되어야 한다는 이념을 토대로 하고 있었기에 조상들의 위패를 모신 종묘를 가까운 곳에 두었는데 일제는 그 사이로 길을 내서 삶과 죽음을 상징적으로 분리시켰던 것이다.

주몽의 궁성

북부여에서 온갖 고생을 하던 주몽은 마침내 금와왕과 그의 아들들을 따돌리고 북부여 탈출에 성공했다. 주몽 일행은 남쪽으로 내려와 비류국이라는 나라에 이르렀다. 비류국은 신선의 아들이라고 말하는 송양松讓이 다스리는 나라였다.

　송양은 주몽 일행을 편안하게 지낼 수 있도록 배려했다. 왜냐하면 송양은 주몽이 자기의 신하가 될 것으로 기대했기 때문이다. 그러나 주몽의 생각은 달랐다. 주몽은 송양에게 자신은 하늘신의 손자이기 때문에 자기가 왕이 되어야 한다고 주장했다. 주몽은 하늘신의 아들인 해모수의 아들이었다. 이른바 정통성의 싸움이었다.

그렇다고 송양 또한 나라를 덥석 넘길 수는 없었다. 결국 두 사람은 내기를 해서 이기는 쪽이 나라를 다스리기로 했다. 내기는 활쏘기였다. 활쏘기라면 주몽이 가장 자신 있는 종목으로 어릴 때 활을 쏘아 파리를 잡은 경력이 있었다.

송양은 사슴 그림을 쏘아 맞추었다. 주몽은 옥으로 만든 반지를 걸어놓고 활을 쏘아 명중시켰다. 주몽의 실력이 더 뛰어나다는 게 증명된 셈이다. 그러나 송양은 선선히 나라를 넘겨주지 않았다.

하루는 주몽이 사냥을 나갔다가 하얀 사슴 한 마리를 잡았다. 주몽은 사슴을 거꾸로 매달고 하늘이 비를 내려 비류국을 물에 잠기게 하지 않으면 너를 놓아주지 않겠다며 위협했다. 주몽의 말을 들은 사슴은 구슬프게 울기 시작했고 그때부터 비가 내리기 시작했다. 비는 그치지 않았고 결국 비류국은 물에 잠기고 말았다.

송양은 더 이상 견디지 못하고 주몽에게 나라를 넘겼다. 그러니까 주몽은 송양에게서 나라를 빼앗은 셈이다. 주몽은 왕이 되었지만 그에 어울리는 집이 없었다. 왕의 집은 궁전이다.

그런데 그해 여름에, 어디서 몰려왔는지 검은 구름이 골령이라는 산을 덮기 시작했다. 사람들은 다시 큰비가 내릴 것으로 생각하고 두려움에 떨었다. 그런데 비는 내리지 않고 검은 구름 사이에서 사람들의 말소리가 들려왔다. 그 이야기를 전해들은 주몽은 사람들이 자기를 위해 궁성을 쌓는 것이라며 두려워하지 말라고 말했다.

과연 얼마 후 구름과 안개가 걷히자 멋진 궁성이 하나 나타났다. 주몽과 신화들은 하늘에 제사를 지내고 궁성 안으로 들어가 살았다. 이 궁성의 이름은 홀승골성이었다. 그해 가을 주몽은 하늘로 올라갔다가 다시는 내려오지 않았다.

최고의 건축물, 궁궐

궁궐은 왕들이 지배자로서 왕실의 존엄과 권위를 보이려고 장엄하고 훌륭하게 조성했기 때문에 한 나라의 국력과 문화 및 기술의 집약체라고 볼 수 있다. 따라서 궁궐은 건축된 시대를 대표하는 최고의 건축물이기도 하다.

우리나라는 삼국시대부터 조선시대에 이르기까지 많은 궁궐이 세워졌지만 지금은 대부분 사라졌다. 그중에는 터만 남은 것도 있고 터가 어디에 있었는지 모르는 것도 많다. 지금은 조선시대의 궁궐만이 여러 차례의 중수를 거쳐 오늘날까지 남아 있을 뿐이다.

궁의 역사를 살펴보면 국가의 성립과 밀접한 연관이 있다. 부족

연맹체인 경우에는 굳이 궁의 필요성을 느끼지 못했기 때문이다. 그러다가 신화에서 보듯 왕이 옹립되고 그에 어울리는 주거환경의 필요성이 제기되면 궁이 세워지게 된다.

앞의 주몽 이야기에서 보듯 처음의 궁은 궁성이었다. 실제로 고구려의 궁성 터로 알려진 곳은 길림성 집안集安에 있는 국내성 터와 평양시에 있는 안학궁, 장안성 터이다. 국내성은 기원전 37년부터 427년까지 고구려의 수도였다. 평양으로 궁성을 옮긴 것은 장수왕 때(427년)의 일이다. 고구려의 궁성이 도성으로 바뀐 것은 대성산에 있던 안학궁에서 대동강 유역인 장안성으로 옮기면서이다. 개성 관광에 이어 평양 관광의 시대가 온다면 옛 도성 터를 찾아볼 수 있을 것이다.

궁宮은 원래 궁穹이었다. 집이 담 위로 솟아 보인다는 뜻이다. 이 말이 점차 왕이 기거하는 곳이라는 뜻이 되면서 다른 건축물에는 궁이라는 글자를 쓰지 않게 되었다. 또한 궁은 큰 집을 뜻하는 전殿과 만나 궁전이 되었다. 그러니까 '궁'과 '전'은 왕이 기거하는 건축물에 쓰인다는 말이다. 일반인들이 쓰는 큰 집을 의미하는 말로는 당堂이 있다. 또한 궁궐이라는 말에서 궐闕은 큰 건축물의 입구에 세우는 초소와도 같은 것이다. 그래서 왕이 사는 궁을 대궐이라고도 불렀다.

몽골 침입과 강화도

서울에서 가까운 강화도에는 옛 고려의 궁터가 있다. 1232년 몽골이 침입해오자 고려의 왕실은 물에 약한 몽골군을 피하기 위해 강화도로 피신했다. 몽골과 화친을 맺고 다시 뭍으로 돌아오기까지 39년을 고려의 왕실은 강화에서 지냈다. 그 흔적이 바로 강화도에 있는 고려궁지이다.

몽골의 침입에 맞서기 위해서 강화로 가기는 했지만 몽골군은 한반도 전역을 다니며 초토화시켰다. 좀 심하게 말하면 고려의 왕실과 귀족들은 바다 건너 불구경을 한 셈이다. 백성들은 몽골의 침입으로

고려궁지(왼쪽)와 고려궁지 외규장각(오른쪽). 몽골이 침입해오자 1232년 고려의 왕실은 강화도로 피신을 했다. 몽골과 화친을 맺고 다시 뭍으로 돌아오기까지 39년을 고려 왕실은 강화에서 지냈다. 그 흔적이 바로 강화도에 있는 고려궁지이다.

고통을 받았지만 고려의 왕실과 귀족들은 고려궁지에서 큰 걱정 없이 지낸 듯하다. 당시 강화에서 지냈던 한 귀족의 시에는 음식과 잠자리가 예전만 못하다는 푸념이 실려 있기도 했으니까. 그러나 강화도의 궁터는 몽골의 요구로 모두 헐렸다.

한때는 영화로웠던 곳이 그 흔적만 남아 있을 때 우리는 쓸쓸하다고 표현한다. 그러나 강화의 궁터는 쓸쓸함이 아니라 씁쓸함을 남긴다. 《삼국유사》라는 귀한 책을 후세에 남긴 일연의 생애는 몽골 침입기와 거의 일치한다. 일연이 승려의 신분으로 《삼국유사》를 쓴 것은 몽골의 침입으로 인해 정신적으로 피폐해진 사람들에게 위안을 주기 위함이 아닐까? 그래서 《삼국유사》의 첫머리에 고조선, 그러니까 단군신화가 실려 있는 것이 아닐까? 우리는 비록 몽골의 말발굽 아래 짓밟혔지만 오랜 역사를 지니고 있고 그만큼 저력이 있는 사람들임을 보여주기 위해서 말이다.

 가볼 만한 궁

현재 남아 있는 궁은 모두 조선시대의 것이다. 조선시대의 궁은 서울에 집중되어 있다. 고려의 수도였던 개경이 북한에 있는 탓에 가볼 수가 없기 때문이다. 다만 몽골이 침입해왔을 때 고려 정부는 강화도로 천도를 한 적이 있어 강화도에 고려궁터가 남아 있다. 비슷한 이유로 남한산성에 궁터가 남아 있는데 병자호란 때 인조가 잠시 그곳에서 머물렀다. 또한 전주시 완산구 교동에 있는 동고산성은 후백제를 세운 견훤이 쓰던 궁터였다고 한다.

저 절 로

절 을 하 게

되 는 곳

절

산속으로 들어간 절이 많은 것은 세상의 소란스러움을 피해 수도를 하기 위함이다. 그래서 절에는 삼묵당이라고 하여 식당과 욕실, 정랑(화장실)에서는 말을 하지 말라고 한다.

일주문

절에 들어서기 위해서는 먼저 일주문—柱門을 지나야 한다. 일주문이란 기둥이 한 줄로 되어 있다는 말에서 나왔지만 일심—心, 곧 한 마음을 의미한다. 항상 한 마음을 갖고 수행하라는 뜻이다. 일주문을 지났다고 바로 절이 보이는 건 아니다. 한참을 더 가야 비로소 절이 보이는데다가 그 길은 직선으로 반듯하게 나 있지도 않다. 구불구불한 길을 걸어서 한참을 가다보면 오랜 수행 끝에 득도를 하듯 절이 홀연히 나타난다. 일주문과 절 사이가 먼 것은 절에 이르기 전에 마음에 묻은 상념을 털어낼 시간을 주기 위해서이다.

　　그것은 우리가 사는 것과 다르지 않다. 살아가면서 우리는 늘 이것이냐 저것이냐 판단을 내려야 한다. 그것도 고속철도가 상징하는 것처럼 매우 빠른 속도로 결정해야 한다. 그 속도를 따라가지 못할 때 그

대흥사와 월정사의 일주문. 절에 들어서기 위해서는 먼저 일주문을 지나야 한다. 일주문을 지났다고 바로 절이 보이는 건 아니다. 일주문과 절 사이가 먼 것은 절에 이르기 전에 마음에 묻은 상념을 털어낼 시간을 주기 위해서이다.

결정은 즉흥적이 되기 쉽다. 즉흥성이 주는 쾌락快樂이 없는 것은 아니지만 삶이 지닌 깊은 열락悅樂에는 이르기 힘들다. 수행을 하듯 조급함을 버리고 찬찬히 절로 향해 가라고, 그런 삶을 살라고 일주문이 있다.

　일주문이 아름답기로는 부산의 범어사와 양산의 통도사를 꼽는다. 그러나 어느 일주문이든 아름답지 않을까? 만물이 소생蘇生하는 봄이면 이름 때문인지 저절로 부안의 내소사來蘇寺를 찾게 되고, 여름이면 바다가 시원한 속초의 낙산사나 계곡 물소리가 고운 순천의 송광사, 가을이면 단풍이 예쁜 순천 선암사나 원주 상원사, 겨울이면 평창의 월정사를 찾게 된다. 내소사에 들렀다면 동백꽃으로 유명한 고창의 선운사를 빠뜨릴 수 없고 월정사를 찾았다면 눈길을 헤치고 상원사를 찾을 일이다.

내소사. 만물이 소생하는 봄이면 이름 때문인지 저절로 부안의 내소사來蘇寺를 찾게 된다.

월정사. 겨울이면 평창의 월정사를 찾게 된다. 눈이 쌓인 월정사의 고즈넉함과 전나무 숲길의 여유로움을 찾으려면 겨울의 월정사가 제격이다.

사실 절은 여행 느낌으로만 본다면 일주문에서 절로 가는 길과 묘탑, 즉 부도浮屠가 있는 곳만 보면 거의 다 즐겼다고 할 것이다. 그래서 절로 들어가는 길은 새벽이나 석양이 질 무렵이 좋고 부도는 햇살이 밝은 날이 좋겠다. 절로 가는 길만큼 한적하고 편안한 길이 또 있을까?

일주문을 지나 절로 가는 길은 많은 사람들이 왕래하여 반질반질한 느낌이 나는 흙길이 제격이다. 그 길을 걸으며 짧은 순간을 사는 우리는 오랜 시간의 흔적을 느낄 수 있다.

윤회와 업

임진왜란 때 동래 범어사에 매학이라는 승려가 있었다. 매학은 훌륭한 소질을 갖고 있었지만 천성적으로 욕심이 많아 수도를 하기 보다는 재물을 모으는 데 더 열심이었다. 염불에는 관심이 없고 잿밥에만 관심이 많은 승려였다.

하루는 매학이 길을 가다가 작은 초가집에서 상서로운 기가 흘러 나오는 것을 보았다. 매학이 그 집에 도달하자 때맞춰 갓 태어난 아이의 울음소리가 들려왔다. 매학은 옷깃을 여미고 문밖에서 산모에게 말했다.

"지금 태어난 아이는 불교와 인연이 깊은 아이입니다. 잘 길러주십시오. 10년 후에 아이를 데리러 오겠습니다."

산모는 선선히 그러겠다고 대답했다. 마침내 10년이 지나고 매학은 약속대로 다시 그 집을 찾아가 아이를 데리고 왔다. 아이는 매우 영특했다. 그런데 하루는 산에 나무를 하러 보냈는데 아이는 빈 지게를 메고 나타났다. 매학은 하루 종일 놀다 왔다고 화를 냈다.

"나무를 베려고 했는데 나뭇가지에서 붉은 피가 나와서 나무를 할 수가 없었어요."

아이가 이렇게 대답을 했지만 매학은 귀 기울여 듣지 않고 이제 거짓말까지 한다면서 내쫓았다. 아이는 하는 수 없이 여기저기 떠돌다가 금강산으로 들어가 수도를 했다. 그 아이는 열심히 수도를 해서 영원靈源 조사祖師라는 훌륭한 승려가 되었다.

영원 조사가 하루는 참선을 하고 있는데 저승에서 범어사의 옛 스승이 죽은 뒤 죄를 묻고 있는 소리가 들려왔다. 영원 조사가 신통력을 발휘해 명부에 가서 보니 늘 재물 모으는 것에만 관심이 있고 선한 일을 하나도 하지 않은 이유로 옛 스승은 구렁이로 다시 태어났다고 했다.

세상으로 돌아온 영원 조사는 그 길로 범어사로 달려갔다. 과연 범어사의 창고에는 구렁이 한 마리가 있었다. 그런데 그 구렁이는 팥죽을 좋아해서 신자들이 늘 팥죽을 쑤어서 준다고 했다.

영원 조사는 구렁이를 향해 넙죽 절을 하고 얼마 동안 독경을 한 다음 밖으로 나왔다. 그러자 구렁이도 영원 조사의 뒤를 따라왔다. 시냇가에 이른 영원 조사는 구렁이에게 말했다.

"전생의 탐욕으로 이렇게 구렁이가 되었으니 이제 모든 인연을 버리고 몸과 마음을 버리십시오."

영원 조사는 말과 함께 옆에 놓여 있던 큰 돌을 집어 올려 구렁이의 머리를 내리쳤다. 그 순간 죽어가는 구렁이의 몸에서 새 한 마리가 나와서 영원 조사의 품에 안겼다. 조사는 새를 안고 금강산으로 발길을 돌렸다. 가는 길에 날이 저물어 인가에서 하룻밤 묵게 된 영원 조사는 새를 주인에게 맡기며 이렇게 말했다.

"앞으로 당신네들에게 아이가 생길 것입니다. 그 아이는 불교와 인연이 깊은 아이이니 내가 10년 후에 다시 찾으러 오겠습니다."

10년이 지난 뒤 영원 조사는 그 집을 다시 찾아가 아이를 절로 데리고 갔다. 아이는 스승의 지도를 받아 열심히 수도를 했다. 어느 날이었다. 영원 조사는 동자승을 방으로 불러 상좌에 앉히고 큰 절을 올렸다. 동자승은 어리둥절했다.

"저는 원래 스님의 제자였습니다. 정신을 차리고 절 잘 보십시오."

동자승은 스승을 보자 불현듯 전생이 보였다. 그리고 자신의 업을 알게 되자 구렁이였을 때 영원 조사에게 맞아죽은 업 때문에 고통스러웠다. 그날 밤 동자승은 도끼를 들고 영원 조사의 방을 찾았다. 자기의 업을 풀기 위해서였다. 동자승은 살금살금 다가가 조사를 향해 도끼를 내리쳤다. 그 순간 벽장문이 벌컥 열렸다.

"스승님, 이제 업이 소멸되었습니다."

동자승은 그제야 깨달았다. 그리고 열심히 수도하여 우운雨雲 조사가 되었다. 스승을 올바른 깨달음의 세계로 인도한 영원 조사는 세상을 방랑하다가 지리산에 들어가 절을 세웠는데 그것이 바로 영원사이다.

윤회와 업이라는 불교의 가르침을 잘 이해할 수 있는 이야기이다. 물론 그 매개체는 절이다.

그만큼 많은 부처

우리는 절이라고 부르지만 가람이나 사원, 사찰 등의 여러 이름을 가지고 있다. 가람이라는 말은 산스크리트어인 'sangharama'의 음역인 승가람마僧伽藍摩를 줄인 말이다. 절이나 가람, 사원 모두 승려가 수도하고 생활하는 장소인 사찰을 뜻한다. 사寺라는 명칭은 불교 전파 당시의 중국 관청 이름에서 비롯된 것으로 한漢나라 때 인도의 승려들을 맞아 접대하던 관청이 홍로사鴻盧寺라는 데서 유래했다. 점차 승려들이 머무는 곳이 다양해지면서 관청과 구별하기 위해 사寺라고 부르게 되었다.

한글 이름인 절의 기원에는 여러 가지가 있지만 절에 가면 절을 많이 하기 때문에 절이라는 이름이 붙었다는 설명도 있다. 사찰을 사원寺院이라고도 하는데 사원의 '원院'은 주위에 회랑이나 담장을 두른 집을 가리킨다. 중국 당나라 이후에 '사'는 사찰 전체를, '원'은 사찰 속에 있는 특정한 기능을 가진 건물에 사용되었다. 또한 산속의 작은 사찰이나 굴을 암庵이라고 불렀다.

우리나라 최초의 절은 기록에 따르면 불교가 전해진 고구려 소수림왕 2년(372년)으로부터 3년이 지난 375년에 이불란사伊弗蘭寺와 초문사肖門寺가 세워졌다. 불교가 융성했던 신라에 처음 세워진 절은 이차돈의 순교와 관련이 있는 흥륜사興輪寺이다.

사찰건축은 금당과 탑의 배치에 따라 1금당 1탑식, 1금당 2탑식 또는 3금당 3탑식, 3금당 1탑식 등이 있다. 금당金堂은 불상을 모신 불전을 가리킨다. 부처가 금빛이 나는 사람이라는 뜻의 금인金人이라고 불렸기 때문에 부처가 모셔져 있는 곳이 바로 금당이었던 것이다. 또한 불교의 교리를 강의하기 위한 공간은 강당이라고 불렀지만 우리나라 선종에서는 법당이라고 부른다.

대승불교에서는 누구나 깨달음을 얻으면 부처가 될 수 있다고 말한다. 그만큼 부처가 많다는 말이다. 대표적인 부처로 석가모니불, 비로자나불, 아미타불, 약사불, 미륵불 등을 꼽을 수 있다. 또한 부처에 따라 법당의 문패가 다르다. 어떤 부처가 모셔져 있는가에 따라 법당의 이름이 달라진다는 말이다.

먼저 석가모니불이 모셔져 있는 곳이 대웅보전 또는 대웅전이다. 석가불은 좌우에 협시보살을 두는데 대개 문수보살과 보현보살이 옆

대흥사 대웅보전(왼쪽)과 화순 쌍봉사 대웅전(오른쪽). 어떤 부처가 모셔져 있는가에 따라 법당의 이름이 달라진다. 석가모니불이 모셔져 있는 곳을 대웅보전 또는 대웅전이라고 한다. 석가불 좌우에는 대개 문수보살과 보현보살이 옆에 서 있다.

에 서 있다. 비로자나불이 모셔져 있는 곳은 대적광전 또는 비로전이다. 비로자나불은 부처가 설법한 진리가 태양빛처럼 우주에 가득 비춘 모습을 형상화한 것이다. 대개는 독립상으로 봉안되어 있지만 문수보살이나 보현보살이 옆에 있는 경우도 있다.

아미타불이 모셔져 있는 곳은 극락전 또는 무량수전이다. 배흘림 기둥으로 유명한 부석사 무량수전에는 아미타불이 있다는 말이다. 아미타불은 모든 중생을 구제하여 서방 극락정토로 왕생하게 하는 부처이다. 아미타불은 석가불과 비슷해서 구별하기 힘든데 좌우에 오는 협시불이 관음보살과 대세지보살이기 때문에 알기 쉽다. 무엇보다 문패가 다르다.

부석사 안양루. 무량수전 앞마당 끝에 놓인 누각. '안양'은 극락이므로 안양문은 극락세계에 이르는 입구를 상징한다. 따라서 극락세계로 들어가는 문을 지나면 바로 극락인 무량수전이 위치한 구조로 되어 있다.

약사불이 모셔져 있는 곳은 약사전이다. 약사불은 모든 질병과 무지無知라는 무시무시한 병을 고쳐주는 부처이다. 불상의 특징으로 손에 둥근 약단지나 약병을 들고 있다. 미륵불이 모셔져 있는 곳은 미륵전이다. 미륵은 현재 도솔천이라는 하늘에서 보살로 있으면서 56억 7천만 년 후에 이 세상에 나타나 아직 구제되지 않은 중생을 구제한다는 미래불이다. 한국 불상의 아름다움을 대표하는 반가사유상은 미륵불이다.

절에는 부처 외에 보살이 있다. 보살은 산스크리트어 'Bodhi-Sattva'에서 유래했다. 보살은 부처의 깨달음을 구하는 동시에 부처의 자비를 실천하여 모든 중생을 구제하고자 노력하는 대승불교의 이상적 수행자의 모습이다. 따라서 보살은 귀하고 자비로운 성격을 표현하기 위해 몸에 장식을 많이 한 여성의 모습으로 표현된다. 대표적인 보살은 관음보살, 문수보살, 보현보살, 대세지보살, 지장보살 등이다.

관음보살은 부처의 자비심을 보여주는 보살이다. 관음보살이 모셔져 있는 곳은 관음전, 또는 원통전圓通殿이다. 관음보살은 여러 모습으로 나타나 사람들에게 도움을 준다고 한다. 문수보살은 부처의 지혜를 보여준다. 보현보살은 공덕을 골고루 나타내는 보살로 대개는 사자와 코끼리를 타고 있다. 대세지보살은 홀로 봉안된 경우가 거의 없다. 대개 관음보살과 함께 아미타불의 협시불로 모습을 드러낸다. 보관寶冠을 쓰고 보병寶瓶을 들고 있는 것이 특징이다.

지장보살은 땅의 덕을 의인화한 보살이다. 육도윤회에서 허덕이는 중생을 구제하는 역할을 맡고 있다. 부처가 입멸하고 미륵이 세상에 나타날 때까지 천상에서 지옥까지의 모든 중생을 교화하기 위해 애쓰는 보살이다. 모습은 보주寶珠와 석장錫杖을 잡고 있다. 지장보살이 봉안된 곳은 지장전, 명부전, 시왕전이다.

보살은 자기 희생을 보여주는 존재들이다. 충분히 부처가 될 수도 있지만 고통과 무지에 시달리는 사람들을 위해 보살로 남아 애쓰는 존재이기에 그렇다.

부처나 보살은 아니지만 무서운 얼굴을 가진 사천왕문도 있다. 사천왕은 사방을 수호하는 신으로 원래는 귀인의 모습이었지만 중국을 거치면서 무인의 모습으로 변했다. 충청북도 보은에 있는 법주사의 사천왕문이 유명하다.

절에는 법당 외에도 석등, 범종, 당간지주, 조사당(응진전), 영산전 등이 있다. 석등은 불을 밝히기 위한 것이다. 석등의 기원은 중국 한나라의 묘제의 한 요소였던 등燈에서 유래했다고도 하고 죽은 사람을 위해 등불을 밝히면 33천(도리천)에 다시 태어나 다섯 가지의 청정함을 얻을 수 있다는 내용에 근거를 두고 있다는 설명도 있다.

범종은 절에서 때를 알리거나 여러 불교행사에 쓰이는 커다란 청동 종을 가리킨다. 예전에는 절에서 종을 쳐서 시간을 알렸기 때문에 '때 시時'에 '절 사寺'자가 들어가 있다. 흥미롭게도 서양의 종이 나팔꽃을 거꾸로 한 형상이라면 동양의 종은 항아리를 뒤집어놓은 모습이다. 모습이 차이가 나는 것은 서양의 종이 안쪽에서 치는 것임에 비해 동양의 종은 바깥에서 치기 때문이다. 그리고 소리가 다르다. 서양의 종이 시끄러울 정도로 날카롭지만 멀리 가지 않는 것에 비해 동양의 종은 둔하지만 멀리까지 울린다.

당간지주는 당간을 지탱하기 위해 당간의 좌우에 세운 기둥을 가리킨다. 당간은 당을 달아두는 장대인데 대개 돌이나 쇠로 만들어졌다. 당幢이란 본래 절의 문 앞에 꽂는 기당의 일종으로 기도나 법회 등의 의식이 있을 때 당간 꼭대기에 달았다.

조사당은 조사에 대한 선종의 강한 신앙에서 나온 것이다. 조사의 사리탑인 부도를 세우고 조사당을 지어 역대 조사들의 영정을 봉안한 곳이다. 영정을 봉안했다는 점에서 응진전이라고도 부른다. 영산전은 석가모니와 그의 일대기를 그린 팔상八相탱화를 봉안한 곳이다.

대흥사 무량수각

송광사 관음전   송광사 지장전
개심사 종루   송광사 종루
보원사지 당간지주   부석사 당간지주

산지기, 절

절은 떠들썩한 곳이 아니다. 굳이 산속으로 들어간 절이 많은 것도 세상의 소란스러움을 피해 수도를 하기 위함이다. 그래서 절에는 삼묵당 三默堂이라는 게 있다. 삼묵당이란 식당과 욕실, 정랑(화장실)을 가리키는 말로 이 세 곳에서는 말을 하지 말라는 뜻에서 그렇게 부른다.

그래서일까? 세상이 소란해지면 절에 가고 싶은 생각이 드는 것은. 뭐, 절도 언제나 조용한 것은 아니지만 절을 배경으로 해서 바라보는 석양은 세상을 잊게 만드는 마력을 지니고 있다.

이유야 얼마든지 많지만, 절에 갈 때마다 산에 절이 없었다면 산이 얼마나 적막했을까 하는 생각이 든다. 이럴 때면 절은 적막한 산을 지키는 산지기처럼 보인다. 사실은 절이 산에 기대어 사는 것이겠지만. 우리 또한 누군가에게 기대고 산다.

사실 불교는 우리의 정신세계와 현상세계에 큰 영향을 미쳤다. 서양의 기독교가 그랬던 것처럼 말이다. 우리의 문화 유적 가운데 유독 불교와 관련된 유적이 많은 것도 이 때문이다. 따라서 불교에 대해 알아가는 것은 어쩌면 우리에 대해 알아간다는 말일지도 모르겠다는 생각이 든다. 절과 산이 서로를 기대고 살아온 것처럼 말이다.

개심사(위)와 운주사(아래). 절에 갈 때마다 산에 절이 없었다면 산이 얼마나 적막했을까. 이럴 때면 절은 적막한 산을 지키는 산지기처럼 보인다.

저절로 절을 하게 되는 곳
절

가볼 만한 법당

우리나라의 산에 절이 없는 곳은 없다고 해도 과언이 아니다. 그만큼 절이 많고 절이
많으니 법당이 많을 수밖에 없다. 아래에 기록한 것은 국보나 보물로 지정된 것들을
중심으로 모은 것이다.

충청남도 예산군 덕산면 수덕사(1308년, 국보 제49호)
충청남도 서산시 개심사(1484년, 보물 제143호)
충청남도 청양군 장곡사 상대웅전(14세기, 18세기 복합, 보물 제162호)
충청남도 청양군 장곡사 하대웅전(16-17세기, 보물 제181호)
경상북도 안동시 봉정사 대웅전(14세기, 보물 제55호)
경상북도 경산시 환성사 대웅전(16세기, 보물 제562호)
전라북도 부안군 내소사 대웅전(1633년, 보물 제291호)

내소사

경상남도 창녕군 관룡사 대웅전(1749년, 보물 제212호)
경상남도 양산시 통도사 대웅전(1644년, 보물 제144호)
인천광역시 강화군 전등사 대웅전(1621년, 보물 제178호)
전라북도 고창군 선운사 대웅전(17세기, 보물 제290호)
전라남도 여수시 흥국사 대웅전(17세기, 보물 제396호)
전라남도 구례군 화엄사 대웅전(1644년, 보물 제299호)
전라남도 화순군 쌍봉사 대웅전(1690년, 보물 제163호)
전라북도 김제시 금산사 대적광전(18세기, 보물 제476호)
경상남도 합천군 해인사 대적광전(1769년)

경상북도 안동시 봉정사 극락전(12세기, 국보 제15호)
경상북도 영주시 부석사 무량수전(12세기, 국보 제18호)
전라북도 완주군 화암사 극락전(1605년, 보물 제663호)
전라남도 강진군 무위사 극락전(15세기, 국보 제13호)
충청남도 부여군 무량사 극락전(16세기, 보물 제356호)

무량사 오층석탑과 극락전

경상북도 경주시 불국사 극락전(18세기)
전라북도 김제시 금산사 미륵전(1635년, 국보 제62호)
경상북도 안동시 개목사 원통전(17세기 초, 보물 제242호)
전라남도 구례군 화엄사 원통전(17세기)

경상남도 창녕군 관룡사 약사전(15세기, 보물 제146호)
인천광역시 강화군 전등사 약사전(18세기, 보물 제179호)
전라남도 순천시 송광사 약사전(17세기)

경상북도 영주시 부석사 조사당(1373년, 국보 제19호)
경기도 여주시 신륵사 조사당(17세기, 보물 제180호)

경상북도 영천시 은해사 거조암 영산전(15세기, 국보 제14호)
전라남도 순천시 송광사 영산전(1639년)

천 년 을

이 어 가 는

변 함 없 는

믿   음

마애불

마애불의 대부분은 미륵이다. 미륵 신앙의 핵심은 구원이다. 힘든 세상에 미륵이 나타나 살기 좋은 세상으로 인도해주기를 간절하게 바란다는 말이다. 과연 구원의 그날이 올 것인가? 아니면 스스로 구원해야 하는가?

바위에 새겨놓은 부처

그것이 종교를 통하든 그렇지 않든 가끔 간절한 마음으로 바라는 것을 빌고 싶을 때가 있다. 대개는 그것이 개인적인 일이지만 월드컵 등의 경기에서 보듯 사회적인 일이 되기도 한다. 실제로 간절한 마음으로 한결같이 바라면 많은 것이 이루어진다. 성경에서 "늘 깨어 기도하라" 는 말은 바로 이를 두고 한 말이다.

옛말에 대보름날 달을 보고 소원을 빌면 이루어진다는 말이 있다. 왜 추석이 아니고 대보름일까? 우리나라의 풍속에서는 정월 초하루부 터 정월 대보름까지가 부정을 몰아내는 때이다. 부럼을 깨고 쥐불놀이 를 하고, 논둑을 태우는 행사 등은 모두 부정을 정화하기 위한 것이다. 그렇게 깨끗해진 세상에, 그리고 정화된 마음으로 보름달에게 소원을 빌면 이루어진다는 것이다. 소원을 비는 사람이 맑기 때문에 이루어질 확률이 높다. 소원을 빌어 이루어지기 위해서는 모름지기 그 사람 자 체가 가장 중요한 것이다. 요즘이야 민속행사도 사라져가고 장난처럼 소원을 비니까 이루어질 까닭이 없다.

여하튼 무엇인가 기원한다는 것은 진지함과 간절함이 있어야 한 다. 옛 사람들은 아이를 낳기 위해 백일 동안 기도를 하기도 하고 삶의 진리를 깨우치기 위해 명산을 찾아서 기도하며 수도를 하기도 했다. 모두 잘 아는 신라시대의 화랑 역시 명산을 찾아다니며 기도를 했다.

실제로 김유신이 토굴에서 기도를 하다가 깨우침을 얻었다는 이야기는 유명하다.

　이와 같은 바람이 여러 사람들의 공통적인 것이 될 때 종교적 상징이 생긴다. 그 가운데 우리 주위에서 쉽게 찾아볼 수 있는 게 마애불이다. 마애불이란 말 그대로 바위에 새겨놓은 부처이다. 그런데 부처야 절의 법당에 있어야 할 텐데 왜 비바람이 몰아치는 야외에 자리하

유신리 마애여래좌상. 마애불이란 말 그대로 바위에 새겨놓은 부처이다. 그런데 부처야 절의 법당에 있어야 할 텐데 왜 비바람이 몰아치는 야외에 자리하고 있을까?

고 있을까?

인왕산 자락에는 일제강점기 이전에 남산에 있다가 옮긴 국사당國
師堂이 있다. 국사당은 마을을 수호하는 동신洞神을 모시는 마을의 굿당
이다. 국사당을 비껴 조금 산으로 오르면 마애불이 있다. 또한 북쪽으
로 올라가 일산을 지나면 광탄이라는 곳이 나오는데 그곳의 용미리 석
불상도 유명하다.

암각화가 오래된 기원의 상징이라면 마애불은 비교적 오래되지
않은 상징이라 할 수 있다. 그리고 용미리 석불에서 보듯 바위에 새겨
진 많은 부처가 미륵불이다. 그것은 미륵이 나타나 고통 받는 사람들
의 세상을 구해주면 좋겠다는 많은 사람들의 간절한 바람이 담겨 있기
때문이다.

노흘부득과 달달박박

신라시대에 노흘부득과 달달박박이라는 이름을 가진 두 친구가 살았
다. 둘은 나이 스물이 채 되지 않아 머리를 깎고 승려가 되었다. 얼마
후 서쪽에 옛 절이 있어 옮겨 살 만하다는 말을 듣고 그곳으로 가서 각
각 절을 하나씩 차지하고 처자를 데리고 살았다. 두 사람은 농사를 짓
고 서로 오가면서 수행을 계속했다.

어느 날 이야기 끝에 참된 도를 얻기 위해 승려가 되었으니 당연히 모든 장애와 구속을 벗고 도를 깨달아야 한다는 데 의견을 같이했다. 두 사람은 깊은 산골로 들어가 수행을 하기로 결심했다. 그날 밤 꿈에 흰 빛줄기가 서쪽으로부터 비춰들었는데 빛줄기 속에서 금빛 팔이 내려와 두 사람의 머리 정수리를 만지는 것이었다. 다음날 서로의 꿈 이야기를 하다가 같은 꿈을 꾸었음을 알았다. 노흘부득과 달달박박은 자기들의 수행에 용기를 더해주기 위해 부처님이 나타난 것이라고 생각했다.

둘은 백월산에 들어갔는데 노흘부득은 동쪽 고개 돌무더기 밑 물 있는 곳에 방을 하나 짓고 살았으며, 달달박박은 북쪽 고개에 있는 사자바위에 자리를 잡고 방을 지어 거처했다. 두 승려는 3년 동안 열심히 수도를 했다.

어느 날 해가 질 무렵에 갓 스물쯤 되어 보이는 아름다운 여자가 달달박박의 방문을 두드렸다. 방문을 열자 여자는 시 한 수로 하룻밤 묵어가기를 청했다.

"길 가는 손님 해가 지니 산은 첩첩 저문데, 길은 멀리 막혀 사방이 적막하구나. 이 밤을 절 뜰에서 묵고 가려 하니 자비로운 스님은 성가시다 생각 마오."

달달박박이 거절하며 대답했다.

"이곳은 깨끗한 것을 중요하게 생각하는 곳이니 네가 머무를 곳이

못 된다. 지체 말고 냉큼 떠나거라."

달달박박의 방문이 닫히자 아름다운 여자는 근처에 있는 노흘부득의 암자를 찾아갔다. 여자가 다시 시를 읊었다.

"해 저문 산길을 걸어 아무리 가도 사방은 적막할 뿐, 대나무와 소나무 그늘은 짙어도 개골물 소리는 다시 새롭네. 잘 곳을 청함은 길을 잃은 탓이 아니라오. 스님이 구원의 길 찾는다면 원컨대 나의 청을 들어주고 내가 누구냐고 묻지는 마시오."

노흘부득은 이 시를 듣고 깜짝 놀라며 대답했다.

"이곳은 여자들이 들어와 더럽힐 곳은 아니지만 중생의 뜻을 따르는 것 또한 자비로운 도를 닦는 일이라 생각되오. 더구나 궁벽한 산골 어두운 밤에 어찌 괄세를 하겠소."

밤이 되자 노흘부득은 마음을 깨끗이 하고 벽에 등불을 희미하게 낮춘 다음 나직하게 염불을 외기 시작했다. 그런데 밤이 깊었을 때 여자가 노흘부득을 불렀다.

"내가 공교롭게도 아이를 낳으려고 하니 스님이 짚자리를 깔아주면 좋겠습니다."

노흘부득은 불쌍한 마음이 들어 촛불을 밝혔다. 그런데 이미 여자는 아이를 낳았다. 그리고 목욕을 시켜달라는 것이 아닌가. 점입가경이었다. 노흘부득은 난처하고 부끄럽기도 했지만 함지박을 가져다가 여자를 앉히고 물을 끓였다. 노흘부득은 두려운 마음을 가라앉히고 여자의 몸을 닦아주었다.

그런데 얼마 후에 물에서 향기가 물씬 풍기며 물이 금빛으로 변했다. 어리둥절한 표정을 짓고 있는 노흘부득에게 여자는 그 물에 목욕하기를 권했다. 노흘부득은 마지못해 옷을 벗고 함지박 안으로 들어가 몸을 닦았다. 그러자 갑자기 정신이 상쾌해지고 살빛에 금빛이 돌았으며 옆을 보자 부처가 앉는 연화대가 생긴 것이 보였다. 아름다운 여자는 웃으며 그곳에 앉으라고 말했다.

"나는 관음보살인데 대사가 도를 성취하도록 도우러 왔소."

그 말과 함께 관음보살은 어디론가 사라졌다.

한편 달달박박은 노흘부득이 어젯밤 틀림없이 계율을 어겼을 것이라 생각하고 놀려주기 위해 노흘부득의 암자를 찾았다. 그런데 놀랍게도 노흘부득은 연화대에 앉아 미륵부처가 되어 환한 빛을 내고 있는 게 아닌가. 달달박박은 자기도 모르게 무릎을 꿇고 절을 했다.

노흘부득은 달달박박에게 어젯밤에 있었던 일을 말해주었다. 그러자 달달박박은 탄식하며 말했다.

"내가 그만 부처님을 만나고도 도를 이루지 못했구나. 스님은 마음이 어질어 도를 깨달은 거요."

노흘부득은 웃으며 달달박박에게 말했다.

"함지박에 아직 물이 남아 있으니 자네도 목욕을 하게나."

달달박박은 노흘부득이 시키는 대로 함지박으로 들어가 몸을 닦았다. 그러자 영원히 죽지 않는 무량수無量壽 부처가 되었다. 이 소식을 들고 사람들이 구름처럼 몰려왔다. 두 스님은 설법을 한 다음 구름을 타고 어디론가 사라졌다.

미륵의 구원

마애불은 석벽에 새긴 부처를 가리킨다. 그런데 마애불의 다수는 미륵이다. 미륵은 석가모니의 뒤를 이어 나타날 미래의 부처이다. 그러니까 아직 세상에 나타나지 않은 부처라는 말이다. 그렇다면 왜 돌로 된 벽에 미륵을 새겨놓은 것일까?

　미륵이 있는 곳은 도솔천이다. 도솔천은 육욕천六欲天의 하나로 사천왕천, 도리천, 야마천 위에 위치하고 있다. 도솔천 위로 낙변화천, 타화자재천이 있다. 도솔천은 칠보로 된 궁전이 있고 수많은 천인天人들이 살고 있으며 이곳 사람들의 키는 2리 정도이고 수명은 4,000세인데 인간의 400세가 도솔천에서는 일주일이라고 한다.

　미륵은 석가모니가 열반한 뒤 56억 7천만 년이 지난 뒤에 세상으로 내려온다. 인간이 헤아릴 수 있는 시간이 아니지만 언젠가 이 세상에 내려온다는 것은 분명하다. 이쯤에서 미륵에 대한 신앙은 둘로 나뉜다.

화순 운주사. 마애불은 석벽에 새긴 부처를 가리킨다. 마애불은 대부분 미륵으로,
석가모니의 뒤를 이어 나타날 미래의 부처이다. 그러니까 아직 세상에 나타나지 않
은 부처라는 말이다.

세상에 내려온 미륵은 용화삼회龍華三會를 통해 사람들을 구원하게
된다. 첫 번째 설법에서 96억 명, 두 번째 설법에서 94억 명, 세 번째
설법에서 92억 명이 모든 번뇌에서 벗어나는 아라한이 된다. 미륵신앙

의 핵심은 이 용화삼회에 참가해 구원을 받는 것이다. 그러나 56억 7천만 년의 세월은 우리가 도저히 감당할 수 없는 시간이다. 미륵이 오기 전에 죽은 사람들은 구원을 받지 못할까? 그렇지 않다.

그래서 미륵이 세상에 내려오기 전에 죽었다면 먼저 도솔천으로 가서 미륵과 함께 지내다가 미륵이 이 땅에 태어날 때 지상으로 내려와 용화삼회에 참석해 구원을 받을 수 있다. 이처럼 도솔천에서 미륵과 함께 있다가 지상으로 내려와 구원을 받는 것을 미륵 상생 신앙이라 하고, 지상으로 내려온 미륵이 베푸는 용화삼회에 직접 참가해 구원받는 것을 미륵 하생 신앙이라 한다.

엉뚱하지만 지금 지구의 나이는 약 45억 년 정도이다. 태양계가 생긴 것도 50억 년을 넘지 않는다. 어차피 숫자에 불과하겠지만 56억 7천만 년이라는 세월은 너무 현실감이 없다. 그래서 미륵 상생 신앙이 발달할 수밖에 없었던 듯하다. 그렇지만 도솔천에서 보내야 하는 시간 또한 너무나도 긴 세월이다.

미륵 신앙

그런데 한반도 곳곳의 석벽에 미륵이 새겨져 있는 것은 왜일까? 미륵은 불교가 전해진 삼국시대부터 우리 민족의 신앙의 대상이었다. 심지어 후고구려를 세운 궁예를 비롯하여 많은 사람들이 자기가 미륵이라고 주장했고 사람들은 그 말을 믿고 따랐다. 불교의 가르침에 따르면 미륵은 시두말성翅頭末城의 바라문의 아들로 태어난다. 그곳은 한반도가 아닌 인도다. 그런데 이 땅에 왜 이렇게 미륵이 많을까? 익산의 미륵사지에 얽힌 이야기를 보면 조금은 이해가 된다.

백제 무왕이 부인(선화공주)과 함께 사자사師子寺에 가기 위해 용화산 밑 큰 못가를 지날 때였다. 그때 미륵 삼존이 못 한가운데에서 나타났다. 왕과 왕비는 수레를 멈추고 절을 올렸다. 왕비는 왕에게 "여기에 큰 절을 지어주십시오. 저의 간절한 소원입니다"라고 말했고 왕은 선뜻 승낙했다. 무왕이 지명법사를 찾아가 절을 짓기 위해 못을 메워야 하는데 그 방법이 없겠냐고 묻자 법사는 신비스러운 힘으로 하룻밤 사이에 산을 헐어 못을 메우고 평지로 만들었다. 그 자리에 미륵 삼존상을 만들고 절을 지어 미륵사라 했다.

앞의 달달박박과 노흘부득의 이야기나 무왕의 이야기에서 보듯 사람들은 미륵이 언제든 이 땅에 나타날 수 있다고 믿었다. 미륵 신앙의 핵심은 구원이다. 힘든 세상에 미륵이 나타나 살기 좋은 세상으로 인도해주기를 간절하게 바란다는 말이다. 과연 구원의 그날이 올 것인가? 아니면 스스로를 구원해야 하는가?

가볼 만한 마애불

우리나라 곳곳에는 많은 마애불이 있다. 여기저기 산의 바위에 마애불이 새겨져 있다. 그 가운데에는 오래되어 알아보기 힘들 정도로 마모가 심한 것도 있다. 대표적인 것만 몇 가지 살펴본다.

● 용미리 석불입상(보물 제93호)
높이 17.4미터에 이르는 거대한 용미리 석불은 세조와 정희왕비의 모습을 미륵불로 새긴 것이라고 한다.
소재지: 경기도 파주시 광탄면 용미리

● 경주 남산
경주 남산에는 수많은 보물급 마애불이 있다. 원래 남산에는 절터, 석불, 석탑의 전시장이라고 할 정도로 많은 불교 유적과 유물이 무리지어 있다. 굳이 불상만이 아니더라도 남산에 오르면 불교의 세계가 파노라마처럼 펼쳐진다.
소재지: 경상북도 경주시 배반동

● 서산 마애삼존불상(국보 제84호)
백제시대의 마애불로 삼존불이다. 가운데 여래를 중심으로 좌우에 반가사유상, 보살이 새겨져 있다.
소재지: 충청남도 서산시 운산면 용현리

서산 마애삼존불

● 미륵리사지 석불

미륵리사지에 있는 석불은 석굴암의 양식을 계승한 고려시대 유일한 석굴사원으로 평가된다. 인근에 문경새재가 활용되기 전에 통로였던 하늘재가 있다.

소재지: 충청북도 충주시 수안보면 미륵리

충주 미륵리사지 미륵불

● 선운사 도솔암 마애불(보물 제1200호)

고려 초기의 것으로 추정된다. 동학농민전쟁 때 마애불의 배꼽에서 비결이 나왔다고 전한다. 선운사와 함께 둘러보기에 좋다.

소재지: 전라북도 고창군 아산면 삼인리

먼
여 행 을
떠 나 는
출 발 지

고인돌
—
선돌

남도에는 고인돌이 어디랄 것 없이 곳곳에 있다. 주의해서 보지 않으면 고인돌인지도 모를 정도이다. 그래서 편평한 고인돌은 지나는 사람들이 잠시 쉬어가는 장소이기도 했다. 고인돌은 편안하거나 웅장한 모습으로 말없이 죽음에 대해 끝없는 이야기를 늘어놓고 있다.

고인돌과 죽음

고창읍성에서 선운사로 가는 길에 편안한 구릉지가 보인다. 길게 산으로 누운 구릉에 군데군데 돌들이 모여 있고 그 사이를 걷다보면 왠지 마음이 차분해지는 걸 느낄 수 있다. 모여 있는 돌들은 다름 아닌 고인돌이다. 강화도의 고인돌에 익숙한 사람이라면 이게 무슨 고인돌이야 하고 말할지도 모르겠다. 뒷동산에 올라가면 흔히 볼 수 있는 풍경일 수도 있으니까.

그렇다면 화순에 있는 고인돌 공원으로 가보자. 그곳이라면 고인돌의 다양한 모습을 만끽할 수 있다. 그곳 역시 푸른 잔디 위에 듬성듬성 고인돌이 자리 잡고 있다. 고창의 것이나 화순의 것이나 모두 세계문화유산이다. 우리나라의 세계문화유산으로 석굴암이며 종묘 등을 들 수 있는데 고인돌도 그에 버금가거나 더 뛰어난 문화유산이라는 뜻이겠다. 더욱 놀라운 것은 세계 각지에 고인돌이 분포되어 있는데 한반도에 전 세계의 50퍼센트에 해당하는 고인돌이 있다는 사실이다.

왜 고대인들이 고인돌을 세웠는지 아직 정확하게는 모른다. 다만 추정하기로 지체 높은 사람의 무덤이었을 것이라고 생각한다. 옛 사람들이 죽음을 '발견'하고 깜짝 놀라 어찌할 줄 모르다가 죽음을 받아들이게 되면서 무덤을 생각해냈고 그 가운데 힘이 강한 부족장 등이 고인돌을 무덤으로 삼아 죽음으로의 여행을 떠났다는 것이다.

강화 고인돌(왼쪽)과 화순 고인돌(오른쪽). 세계 각지에 고인돌이 분포되어 있는데 한반도에 전 세계의 50퍼센트에 해당하는 고인돌이 있다.

　　사실 남도에는 고인돌이 어디랄 것 없이 곳곳에 있다. 주의해서 보지 않으면 고인돌인지도 모를 정도이다. 그래서 편평한 고인돌은 지나는 사람들이 잠시 쉬어가는 장소이기도 했다. 그러니까 남의 무덤 위를 깔고 앉았다는 말이다. 다른 말로 표현하면 죽음을 깔고 앉은 삶이다.

　　실제로 우리의 삶은 죽음을 담보로 하고 있다. 많은 사람들은 애써 죽음을 외면하려고 하지만 빛과 그림자가 함께 존재하는 것처럼 삶과 죽음 또한 동전의 양면처럼 함께 있다. 만약 사람들에게 죽음이 없다면 삶 또한 의미가 없을 것이다. 다른 말로 '그때 그 순간'이 지닌 힘을 잃는다면 탄력을 잃은 용수철처럼 축 늘어지게 될 것이다. 그리스

신화에서 신들이 부지런히 인간 세상으로 내려온 것도 인간의 '그때 그 순간'을 동경했기 때문이다.

　여행을 한다는 건 이렇듯 우연히 또는 문득 삶의 본질을 만날 수 있는 기회를 뜻하는 것은 아닐까? 일상을 벗어난 곳에 해바라기가 태양을 향해 고개를 돌리듯 우리를 향해 고개를 들고 있는 삶의 참 모습이 있다는 생각이다. 고인돌은 편안하거나 웅장한 모습으로 말없이 죽음에 대해 끝없는 이야기를 늘어놓고 있다.

금와왕의 탄생신화

고인돌과 관련되어 전해지는 이야기는 고인돌의 역할, 그러니까 무덤일 것으로 생각되는 고인돌의 목적과는 거의 관계가 없는 것들이다. 예를 들면 힘센 사람들이 고인돌을 던지며 힘자랑을 했다든지 심지어는 고인돌이 거인들의 공깃돌이었다는 이야기도 있다. 또는 성 주위에 있는 고인돌은 성을 쌓던 장수들이 돌을 옮기다가 성이 완성되었다는 말을 듣고 그 자리에 내려놓은 것이라는 이야기도 있다.

　고인돌과 관련된 가장 흔한 이야기는 칠성바위이다. 일곱 개의 고인돌이 북두칠성처럼 배치되어 있는 경우에 이를 칠성바위라고 부른다. 사람들은 일곱 개의 고인돌을 실로 연결해서 북쪽을 향해 절을 하며 소원을 빌면 이룰 수 있다고 믿었다.

신화에도 고인돌이 나온다. 해부루는 북부여의 왕이었다. 하루는 재상인 아란불이 꿈을 꾸었는데 그 꿈이 이러했다. 하늘신이 자손을 보내려 하니 해부루는 다른 곳으로 나라를 옮기라는 것이었다. 이 꿈에 따라 해부루는 나라를 동쪽으로 옮겨 동부여라 하였다.

그런데 늙은 해부루에게는 자식이 없었다. 그래서 해부루는 산과 강을 찾아다니며 정성껏 아이를 얻게 해달라고 빌었다. 그런데 하루는 말이 큰 바위 앞에 이르러 눈물을 흘리며 움직이려고 하지 않았다. 해부루는 이상하게 생겨 사람들을 시켜 돌을 치우게 했다. 그러자 그 안에는 금빛 개구리 모양의 아이가 있었다.

해부루 왕은 기도의 효험이라고 생각하며 크게 기뻐했다. 해부루는 아이에게 금와, 즉 금개구리라는 이름을 붙여주고 아들로 삼았다. 세월이 흘러 해부루가 세상을 떠나자 금와가 그 뒤를 이어 왕이 되었다. 그리고 금와가 세상을 떠나자 그의 아들 대소가 왕이 되었지만 고구려의 침입을 받아 멸망하고 말았다.

해부루가 금와를 발견한 곳은 바로 고인돌이다. 그렇지 않다면 큰 돌 아래에 어떻게 아이가 있을 수 있단 말인가? 말 그대로 큰 바위를 고이고 있는 돌이 있어야 아이가 들어가 있을 공간이 생긴다. 아울러 고인돌이 신성한 곳임을 방증해주는 것이기도 하다. 해부루가 산천을 찾아다니며 기도를 한 덕분에 아이를 얻게 되는데 그곳이 별 볼일 없는 장소일 수가 없다. 훗날 왕이 되는 아이의 새로운 탄생은 그만큼 신성해야 한다. 훗날 금와왕은 유화부인과 주몽과 관계하게 되면서 우리에게 친숙해지는 인물이다.

고대 사람들의 장례법

고인돌은 고대 사람들의 장례법으로 알려져 있다. 고인돌은 주검을 매장하는 위치와 받침돌의 유무에 따라 크게 북방식, 남방식 그리고 남방식과 유사한 형태인 개석식이라는 세 가지 형식으로 구분된다.

　먼저 북방식은 지상에는 판돌로 돌방을 만들어 주검을 넣고 그 위에 크고 넓은 덮개돌을 올려놓은 모습이다. 탁자를 닮았다고 해서 탁자식이라고도 부른다. 남방식은 땅 밑에 판돌이나 깬돌로 널을 만들어 주검을 넣은 다음 지상에 받침돌을 놓고 그 위에 덮개돌을 얹은 모양이다. 기반식이라고도 부른다. 개석식은 남방식과 비슷하지만 받침돌이 없다.

　고인돌은 유럽의 스칸디나비아 반도에서 지중해 일대, 인도, 동남아시아, 중국의 산둥성·절강성·요녕성, 일본 규슈 지방에 이르기까지 널리 분포한다. 그러나 유럽식 고인돌들은 한반도의 고인돌들과 시기적으로나 기능적으로 성격이 다르고 중국의 경우는 그 수가 많지 않다. 이런 면에서 한반도의 고인돌은 한반도와 만주 일대에서 독자적으로 발생하여 일반으로 전파되었을 것으로 추정된다.

　고인돌과 함께 생각할 수 있는 지석문화의 흔적이 선돌이다. 선돌은 고인돌과 함께 청동기시대부터 만들어진 거석 기념물이다. 역사시대에 들어서는 신앙의 대상물로서 종교적인 기능과 정신문화적인 기능을 복합적으로 지녔다고 하겠다. 선돌이 지닌 의미와 기능은 세 가지로 구분할 수 있다.

　첫 번째는 무덤의 표지 역할이다. 주로 고인돌 주위에 선돌이 위치한 것으로 보아 고인돌을 만든 사람들이 죽은 사람을 추모하고 상징하기 위해 선돌을 세웠다고 생각할 수 있다.

화순 고인돌. 고인돌은 고대 사람들의 장례법으로 알려져 있다. 고인돌은 주검을 매장하는 위치와 받침돌의 유무에 따라 크게 북방식, 남방식 그리고 남방식과 유사한 형태인 개석식이라는 세 가지 형식으로 구분된다.

두 번째는 풍요의 기능이다. 농경사회로 바뀌면서 선돌은 생산과 번식, 풍요를 기원하는 숭배대상이 되었는데 암석숭배, 성기숭배, 칠성숭배, 달숭배, 거북숭배 등으로 나뉜다.

세 번째는 수호의 기능이다. 선돌은 벽사적辟邪的인 존재로 대개 마을 입구에 짝을 지어 세워서 주민과 마을을 지켜주는 액막이로서 모든 재난과 질병으로부터 보호해준다고 생각했다. 이외에도 선돌은 경계표지, 이정표, 기념물로 세웠다는 설명도 있다. 사람들의 문화가 발달하면서 의식이 변화하고 다양해지면서 선돌의 기능도 다양해졌다.

티베트의 조장 문화

세상에는 많은 장례법이 있다. 달라이 라마의 땅인 티베트에는 무려 다섯 가지의 장례법이 있다. 사람의 몸을 잘라서 물에 뿌려 물고기의 밥이 되게 하는 수장水葬, 불에 태우는 화장火葬, 땅에 묻는 토장土葬, 외국인의 호기심 대상인 천장天葬이라고도 부르는 조장鳥葬, 티베트 불교의 서열 1위와 2위인 달라이 라마와 판첸 라마만이 가능한 탑장塔葬이 그것이다.

사실 티베트에서는 일반적으로 땅에 묻는 토장을 잘 하지 않는다. 죄를 지은 죄수들이나 땅에 묻는다. 한편으로 야만적이라고 비난을 받는 조장은 널리 행해진다. 조장은 그들의 사정을 모르면 끔찍한 장례법이다. 조장사鳥葬師라고 불리는 승려가 죽은 사람의 몸을 잘라놓으면 기다리고 있던 독수리들이 달려들어 살점을 뜯어먹는다. 그러면 남은 뼈를 빻아 가루로 만들고 거기에 티베트 사람들이 주식으로 먹는, 우리의 미숫가루를 닮은 참파rtsam-pa를 섞어놓으면 독수리들이 그것마저 말끔하게 먹어치운다.

그리고 독수리들은 하늘로 날아오른다. 티베트 사람들은 독수리의 시체도 배설물도 본 적이 없다고 말한다. 다음 삶을 위해 더 이상 필요 없는 죽은 몸은 이렇게 깨끗이 하늘로 사라지는 것이다.

그렇다면 왜 티베트 사람들은 토장을 하지 않고 조장을 많이 하는 걸까 하는 의문이 들지 않을 수 없다. 그것은 티베트의 풍토 때문이다. 티베트의 땅은 건조하고 차갑기 때문에 시체를 묻으면 잘 썩지 않는다. 죽은 뒤 다시 환생할 것을 믿는 티베트 사람들에게 시체가 썩지 않는다는 건 불길한 일이 아닐 수 없다. 티베트 사람들은 죽은 지 49일 후에 다시 환생한다고 믿는다. 그래서 죄를 지은 죄수의 경우 토장을 한다. 환생을 믿는 티베트 사람들에게 토장은 끔찍한 저주에 다름 아니다.

한반도에 세계 고인돌의 50퍼센트가 집중되어 있다는 사실은 우리의 풍토에 고인돌이 잘 맞았음을 보여준다. 또한 남방식과 북방식, 개석식으로 나누어지는 것 또한 그 지방에 맞는 방식이 따로 있기 때문이다.

　근래에 들어 과거의 장례법인 매장이 아닌 납골당 문화가 확산되고 있다. 그러나 일각에서는 여전히 과거의 습관을 유지하려고 한다. 좁은 국토가 무덤으로 바뀌고 있지만 생각을 바꾸려 들지 않는다. 영생을 위해 시신을 훼손해서는 안 된다는 생각을 한다면, 영생이란 육체로서가 아니라 기억으로 이루어지고 그가 어떻게 살았는가에 달렸음을 잊지 말아야겠다.

📷 가볼 만한 고인돌/선돌

● 순천 고인돌 공원

고인돌 공원은 주암댐을 건설하면서 수몰될 위기에 처한 선사 유적들을 옮겨 복원해놓은 공원이다. 아래로 주암호가 보여 경관이 아름답다. 이곳에는 많은 고인돌과 선돌 등이 있는데 고창의 고인돌과 함께 세계문화유산으로 지정되었다.

소재지: 전라남도 순천시 송광면 고인돌길 543

● 고창 고인돌 공원

5만여 평에 이르는 이곳에는 북방식, 남방식 등 여러 형태의 고인돌이 확인된 것만 447기에 이를 정도로 많은 고인돌이 자리 잡고 있다.

소재지: 전라북도 고창군 고창읍 고인돌공원길 74

● 강화 고인돌 유적지

강화도 또한 대표적인 고인돌 분포지이다.

소재지: 인천광역시 강화군 하점면 삼거리와 부근리 등

강화 고인돌

너 와
나 를

이 어 주 는

공   간

다리

다리는 이곳과 저곳을 이어주는 공간이다. 서로를 소통시키는 장소이다. 다리가 끊어지면
서로 소외되기 때문이다. 사람들 사이의 관계 또한 다르지 않다.

다리와 소통

다리는 이곳과 저곳을 이어주는 공간이다. 서로를 소통시키는 장소이다. 다리가 끊어지면 서로 소외되기 때문이다. 다리가 끊어져 멀리 돌아가본 사람은 알겠지만 다리 너머에 가야 할 이유가 분명하지 않을수록 가기 싫어진다.

사람들 사이의 관계 또한 다르지 않다. 흔히 현대인은 고독하다고한다. 과거보다 인구가 폭발적으로 늘어 사람들의 숫자는 굉장히 많아졌는데 그와 비례해서 친밀도나 관계의 돈독함은 약해지고 엷어지고있다. 인터넷에서 사람 찾아주기 사이트가 유행하고 SNS나 개인 블로그를 통해 사람들과 소통하려 하는 것도 이 때문이다. 낙숫물이 떨어지듯 정이 뚝뚝 흐르던 그 관계를 잊지 못해 본능적으로 사람들이 움직이고 있다.

이런 면에서 인터넷이나 스마트폰은 일종의 다리 역할을 한다. 내가 너를 만나고 내가 그들을 만날 수 있도록 이어준다. 그러나 인터넷이나 스마트폰은 궁극적으로 다리가 되지 못한다. 일시적인 다리 역할을 할 뿐이다. 홍수나 재해로 다리가 무너졌을 때 임시로 쓰는 다리 같은 것이다. 그런데 스마트폰 중독이라는 우려에서 보듯 사람들은 그 임시 다리에도 안달을 낸다. 임시 다리라도 없다면 그나마 너와 나를 이어주는 통로가 사라질 테니까. 하지만 그렇기 때문에 아름답고 튼튼

경주 월정사 다리. 자꾸 다니면 길이 생기는 것처럼 다리 또한 왕래가 많은 곳에 만들어진다. 다른 말로 하면 다리는 관심이다.

한 다리가 필요하다.

　누군가를 소개시켜줄 때 "다리를 놓아준다"는 표현을 쓴다. 다리를 놓아주는 것은 그들이 서로에게 건너갈 수 있는 다리가 없음을 뜻한다. 견우와 직녀가 만나는 오작교를 상상해보면 그 다리는 너무나 간절한 소통의 공간이다. 까치와 까마귀가 고통을 감내하고 다리를 놓아주지 않는다면 견우와 직녀는 평생 서로를 만날 수 없을 것이다. 나에게는 몇 개의 다리가 놓여 있는지 돌이켜 생각해볼 일이다.

자꾸 다니면 길이 생기는 것처럼 다리 또한 왕래가 많은 곳에 만들어진다. 다른 말로 하면 다리는 관심이다. 무엇인가에 관심을 가지면 그것과 나 사이에 다리가 놓인다는 말이겠다.

충청남도에 있는 대둔산에는 높은 두 봉우리를 연결해주는 쇠다리가 있다. 봉우리는 제법 높아서 다리 위에 서면 아찔한 현기증이 든다. 다행히 튼튼한 쇠다리인 탓에 흔들리지 않는다. 대둔산의 쇠다리에 서 있으면 긴장감이 생기면서도 바위처럼 단단한 사람 사이의 관계가 떠오른다. 높은 곳에 있어도 흔들리지 않는다는 굳은 믿음이 밑바닥에 깔린 그런 아름다운 관계 말이다.

고양이 바위와 도둑 이야기

강원도 홍천에서 인제 가는 길에 두천이라는 곳이 있다. 이곳에는 옛날 큰 부자가 살았던 터가 있는데 소통을 위한 다리가 없어지면 어떻게 되는지 잘 말해주는 이야기가 전해진다.

그곳은 풍수에서 말하는 두 줄기의 물이 흘러드는 고양이 형국이었다. 또한 고양이의 목 부분에 고양이 바위가 있고 그곳에 돌다리가 놓여 있어 사람들이 건너다녔다. 건너편에는 쥐 산이 있어서, 풍수에서 볼 때 부자의 집은 곳간인 셈이어서 재산이 불어나 큰 부자가 되었다. 빛이 있으면 그림자가 있기 마련이다.

부자가 되자 손님이 끊이질 않고 하루에도 수십 명이 드나들었다. 당연히 며느리들의 삶은 고달플 수밖에 없었다. 하루 세 끼 손님상을 보는 게 어디 쉬운 일일까? 거의 매일처럼 되풀이되는 접대에 며느리들은 진력이 났다.

어느 날 그 집에 한 스님이 찾아와 시주를 청했다. 시주를 청하는 목탁 소리를 듣던 맏며느리의 머릿속을 스치는 생각이 있었다. 맏며느리는 쌀을 가득 스님에게 퍼주었다. 스님은 뜻밖의 환대에 어리둥절했다.

"스님, 저를 좀 도와주십시오."

"무슨 일이 있습니까?"

"사실 저희 집에 손님이 매일 찾아와, 그 손님상을 준비하는 게 너무 힘듭니다. 손님이 덜 오게 하는 방법이 없을까요?"

스님은 물끄러미 맏며느리의 얼굴을 바라보았다. 여자의 얼굴에는 피곤이 가득 묻어 있었다.

"저를 따라오시지요."

스님은 맏며느리를 고양이 바위 앞으로 데리고 갔다.

"이 고양이 바위를 깨뜨리고 돌다리를 없애서 강물이 서로 섞이게 하면 손님들이 찾아오지 않을 것이오."

스님이 떠나자 맏며느리는 일꾼들을 시켜 고양이 바위를 깨뜨렸다. 일꾼들이 바위를 깨뜨리자 바위에서 피가 솟아났다. 놀란 일꾼들은 눈치를 보며 일을 하지 않으려고 했다. 그러나 손님 접대에 지친 며느리는 일을 강요했다. 고양이 바위가 깨지자 물이 흘러넘쳐 돌다리는 물에 잠기고 말았다.

그런데 신기하게도 그 일이 있고부터 손님들의 발길이 뚝 끊어졌다. 맏며느리는 드러내고 표현하지 못했지만 얼굴에 화색이 돌았다. 그러나 불행이나 행복은 혼자 오지 않는 법이다. 불행이 닥치면 그 뒤에 행복이 따라오고 행복이 찾아오면 그 뒤에 불행이 기다리고 있음이다.

한 달쯤 지났을 때 밤에 도둑이 들어 부자의 재산을 모두 털어갔다. 부자는 분하고 억울했지만 다시 열심히 재산을 모았다. 어느 정도 재산이 쌓이자 다시 도둑이 들어 모두 털어갔다. 이렇게 하기를 몇 차례 하자 재산을 모을 의지가 사라졌다. 그뿐만 아니라 집안 사람들에게 병이 스며들었다.

부자는 하는 수 없이 무당을 불러 굿을 하고 용한 의사를 불러 약을 쓰기도 했지만 집안 사람들의 병은 사라지지 않았다. 이렇게 몇 년이 지나자 집안은 완전히 거덜이 나고 말았다. 물론 손님의 발길도 완전히 끊어졌다.

하루는 유명한 지관이 그곳을 지나다가 부자의 집터를 유심히 보고는 알 수 없다는 듯이 혼잣말을 중얼거렸다.

"여기는 부잣집 터인데 어쩌다 폐가처럼 되었을까?"

지관은 주위를 둘러보다가 이상하다는 듯이 동네 사람들에게 물었다.

"혹시 저곳에 고양이 모양을 한 바위가 있지 않았습니까?"

사람들은 고개를 끄덕였다. 지관은 혀를 쯧쯧 하고 찼다.

"저 바위를 깨뜨렸기 때문에 부자가 망한 겁니다. 건너편의 쥐가 엎드려 기어오려고 노리는 형국인데 고양이 때문에 들어오지 못하다가 고양이 바위가 깨지자 자기 집처럼 드나들 게 된 것이지요. 도둑놈 말입니다."

귀신다리와 놋다리밟기

옛 이야기에 보면 여러 유형의 다리가 나온다. 고구려의 시조 주몽은 금와왕 아들들의 시달림을 피해 도망치다가 다리가 없는 강으로 쫓겼다. 앞에는 너른 강물, 뒤에는 금와왕의 군대. 성경에서 모세가 홍해를 앞에 두고 람세스의 군대를 뒤에 둔 것과 같은 상황이었다. 주몽은 모세가 그러했던 것처럼 하늘에 있는 아버지 해모수와 강에 있는 외할버지 하백을 향해 빌었다. 그러자 자라 등의 물고기들이 물 위로 떠올라 다리를 만들었고 주몽은 무사히 군대의 추격을 피해 다리를 건넜다. 물고기 다리인 셈이다.

어디 물고기 다리만 있겠는가. 하늘에는 오작교가 있다. 잘 아는 것처럼 음력 칠월칠석날 저녁이 되면 까치와 까마귀들은 하늘로 올라가 일 년에 한 번 만나는 견우와 직녀의 간절한 사랑을 위해 자기 몸을 희생해 다리를 놓는다.

《삼국유사》에는 귀신다리에 대한 이야기가 전한다. 신라의 진지왕은 도화랑이라는 여자의 미색에 취했다. 왕은 도화랑을 왕궁으로 불러들여 정을 통하려고 했지만 도화랑은 두 남편을 섬길 수 없다며 완강하게 거절했다. 진지왕은 그해에 왕의 자리에서 쫓겨났을 뿐만 아니라 세상을 떠나고 말았다. 또한 도화랑의 남편 역시 2년 후에 세상을 떠났다.

도화랑의 남편이 죽은 지 열흘 만에 2년 전에 죽은 진지왕이 그녀의 방에 나타났다. 진지왕은 남편이 죽었으니 자기와 정을 통하자고 했고 도화랑은 부모와 상의한 끝에 진지왕을 받아들였다. 진지왕은 일주일 동안 도화랑의 방에 머물렀다. 왕이 머무는 동안 도화랑의 집에는 오색구름이 감돌고 향기가 진동했다고 전한다. 그로부터 열 달 후 도화랑은 비형이라는 아들을 낳았다.

너와 나를 이어주는 공간
다리

당시 신라를 다스리던 진평왕은 이 이야기를 듣고 신기하게 여겨 비형을 불러 궁중에서 길렀다. 비형은 밤이 되면 월성을 뛰어넘어 황천강 근처에서 귀신들과 어울려 놀았다. 이에 진평왕은 비형에게 귀신들을 부려 신원사 북쪽 개천에 다리를 놓아달라고 했다. 비형은 귀신을 부려 하룻밤 만에 다리를 놓았다. 그래서 그 다리를 귀신다리〔鬼橋〕라고 불렀다.

귀신다리와 달리 사람다리도 있다. 고려시대 공민왕의 비였던 노국공주가 난을 피해서 안동지방으로 피신을 온 적이 있다. 노국공주 앞에 얕은 개울물이 나타났다. 그 모습을 보고 안동지방의 젊은 여자들이 개울물 위에 등을 굽혀 다리를 만들어 노국공주를 건너게 했다.

이 일을 계기로 안동 인근인 의성, 영천, 상주 등지에서 젊은 여자들만 참가할 수 있는 '놋다리밟기'라는 놀이가 생겼다. 정월 대보름날이 되면 곱게 치장을 한 여자들이 한자리에 모여 놀다가 그중 어린 소녀가 노래를 부르면서 다리처럼 만들어진 사람들의 등을 밟고 지나가는 놀이이다.

다리와 관계된 다른 놀이로 다리〔橋〕밟기 놀이가 있다. 정월 대보름날 다리를 밟으면 일 년 내내 다리에 병이 생기지 않는다고 한다. 또한 열두 다리를 건너면 일 년 내내 재앙이 생기지 않는다고 한다. 아마도 일 년이 열두 달임을 염두에 둔 것으로 보인다. 이 풍습도 고려시대에 생겼다. 그런데 남녀의 구별이 강화된 조선시대에 들어서면서 남녀가 짝을 지어 다니면 혼잡하다는 이유로 여자들은 16일 밤에 다리밟기를 하게 했다. 한편 양반들은 번거롭다는 이유로 14일 저녁에 다리밟기를 했다고 한다.

무지개다리

고대 신화의 세계에서 하늘과 땅을 잇는 것 가운데 하나가 무지개다리이다. 오색찬란한 다리를 건너 구름 너머의 하늘세계로 가곤 했다. 물론 무지개다리를 타고 하늘로 올라가는 것은 사람들과 신들의 사이가 멀지 않았던 시대의 일이다. 이제는 사제를 통해 간접적으로 신을 만날 수밖에 없다.

　　무지개다리를 한자로 홍교虹橋라고 한다. 둥근 아치 모양의 다리가 바로 홍교이다. 2004년 강원도 고성에 있는 건봉사의 대웅전 앞에 있던 보물 제1336호 능파교가 보수 과정에서 무너지고 말았다. 문화재 보수의 전문적인 능력이 부족한 사람들이 하다가 무너지고 만 것이다. 능파교는 무지개다리의 아름다움을 보여주는 대표적인 다리였다. 하늘로 올라가는 무지개다리가 사라지고 이제는 직접 신을 만나지 못하는 사람들이 절을 찾아가서 만나는 그 무지개다리마저 무너진 듯해 쓸쓸하다.

뿐만 아니다. 사람과 사람을 이어주고 강남과 강북을 이어주던 성수대교도 1994년에 엿가락처럼 부러졌다. 다리야 다시 세우면 되지만 사람들 사이의 믿음이 무너지면 다시 세우기 힘들다.

페르시아의 경전에는 지옥의 풍경이 묘사되어 있고 그 가운데 여러 다리가 나오는데 그 가운데 갈수록 길이 좁아지는 다리가 있다. 물론 아래에는 끔찍한 고통이 기다리고 있다. 그런데 길은 점점 좁아진다. 다리에서 떨어지지 않기 위해 안간힘을 쓰지만 야속하게도 다리는

무섭마을 외나무다리. 내 안의 헛된 욕망으로 해서 사람들 사이에 난 다리를 좁고 초라하게 만드는 것은 아닐까? 다리가 꼭 넓어야 할 이유는 없겠지만 주위 자연과 어울리고 그 때문에 그 다리를 오가는 일이 즐겁고 흔쾌했으면 좋겠다.

점점 좁아지기만 할 뿐이다. 마침내 외줄타기를 배운 사람이라도 떨어질 수밖에 없을 만큼 칼날처럼 길이 좁아지고 죄를 지은 사람은 아래로 떨어진다.

사람들의 관계도 이와 같지 않을까? 내 안의 헛된 욕망으로 해서 사람들 사이에 난 다리를 좁고 초라하게 만드는 것은 아닐까? 다리가 꼭 넓어야 할 이유는 없겠지만 주위 자연과 어울리고 그 때문에 그 다리를 오가는 일이 즐겁고 흔쾌했으면 하는 바람이다.

한 철학자는 사람의 위대함은 그가 목적이 아니라 다리라는 점에 있다고 했다. 나 스스로 다리가 된다는 것, 그 또한 아름다운 일이 아닐까?

너와 나를 이어주는 공간
다리

가볼 만한 다리

다리만 보기 위해 여행지를 찾는 일은 없다. 다만 알고 있으면 지나다가 한번쯤 들러서 다리를 거닐어보는 것도 재미있다. 다리를 건너는 것은 다른 세상으로 건너가는 듯해서 언제나 감흥이 새롭다. 그것은 다리마다 각각 자기 이야기를 담고 있기 때문이다.

● 절에서 볼 수 있는 아름다운 다리

절은 깊은 산 속에 자리 잡고 있는 탓에 풍광이 뛰어나다. 또한 계곡 등을 끼고 있는 지리적인 이유 때문에 크고 작은 다리들이 많이 있다. 그 가운데에서도 충청북도 영동군의 천태산 영국사寧國寺는 안동 놋다리밟기와 인연이 깊다. 또한 전라남도 순천에 있는 선암사에는 무지개다리인 승선교(보물 제400호)가 유명하다. 인근에 있는 벌교의 무지개다리보다 오래된 형태로 자연미가 매우 뛰어난 다리이다. 전라남도 곡성에 있는 태안사의 능파교는 계곡의 물과 주위 자연 환경이 잘 어우러진 아름다운 다리로 이 다리를 건너는 것은 속세의 번뇌를 벗고 불가에 입문하는 상징성을 지니고 있다.

● 무지개다리(홍교)

무지개다리는 아름답다. 옛 사람들은 무지개를 건너가면 하늘로 오를 수 있다고 믿었다. 그래서인지 주위에 무지개다리가 많다. 전라남도 진도군 임회면에는 두 개의 무지개다리가 있다. 단홍교, 쌍홍교가 그것이다. 쌍홍교는 둥근 무지개 형태가 연속해 있어서 붙은 이름이다. 홍교 가운데 가장 큰 것은 벌교의 홍교이다. 이 밖에 전라남도 강진의 병영성 홍교, 전라북도 고흥의 옥하리 홍교, 경상남도 창녕의 만년교, 춘향으로 유명한 남원의 광한루 오작교 등이 유명하다. 또한 충청남도 강경의 미내다리는 지금은 무지개다리지만 원래는 평교였다고 한다.

벌교 홍교

● 자연미가 돋보이는 다리

다리는 보여주기 위해 만든 것이 아니라 생활의 필요 때문에 만든 것이다. 충청북도 진천의 농다리는 그 역동적인 생김새로 인해 가장 아름다운 다리의 하나로 꼽힌다. 그 밖에 우리나라에서 돌로 만든 유일한 전라남도 함평의 돌다리, 서울 행당동의 살곶이다리 등이 보기에 좋다.

진천 농다리

영 원 히

지 속 되 는

희   망

바위그림

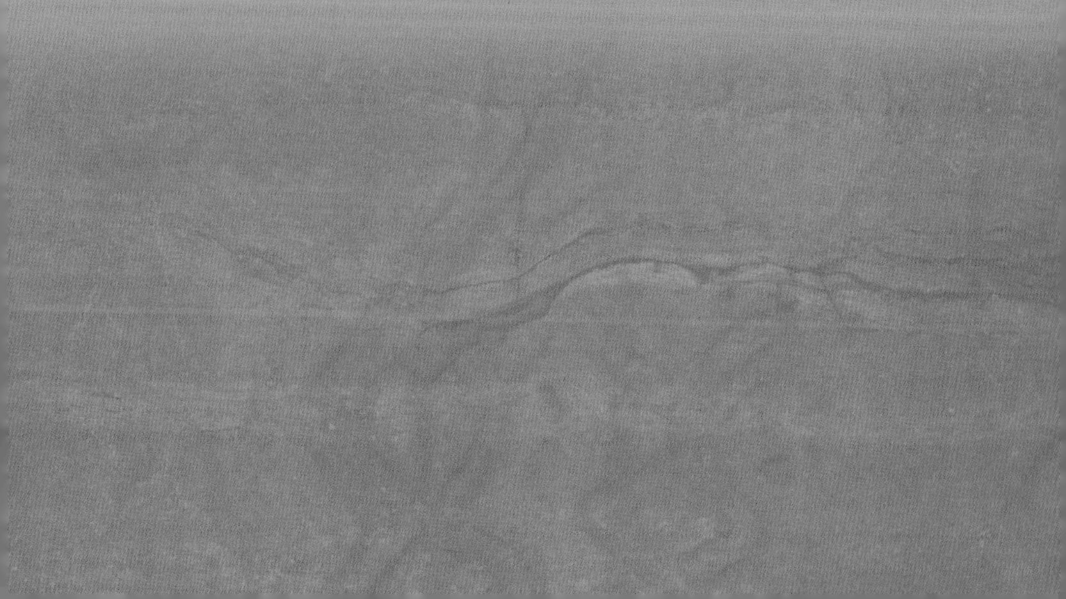

만약 바위그림을 그린다면 무엇을 그리고 싶은가? 잘 생각해야 한다. 한번 새기면 수천 년의 세월을 견디니까 말이다. 그러니 우리의 말과 행동 또한 바위그림 같아야 하지 않을까?

바위그림과 상징

4월은 다이아몬드, 5월은 에메랄드, 6월은 진주 등 탄생석이라는 게 있다. 태어난 달을 상징하는 보석이다. 왜 하필이면 태어남과 돌을 결부시켰을까? 탄생석이라는 것도 따지고 보면 오래 살고 싶어 하는 사람들의 마음이 담겨 있는 장수의 상징이 아닐까.

사실 우리가 사는 세상에 영원한 것은 없다. 그건 우리가 영원히 살지 못하기 때문이다. 인류에게 주어진 도저히 극복할 수 없는 한계가 바로 죽음이다. 그림자가 짙을수록 빛이 강해지는 것처럼 영원히 살지 못하는 사람들은 늙지 않고 오랫동안 산다는 십장생이라는 걸 생각해냈다. 해, 물, 산, 구름, 소나무, 불로초, 대나무, 학, 거북 그리고 돌이다.

그래서인지 사람들은 바위에 자기 이름을 새기면 돌이 그렇듯이 오랫동안 살 수 있다고 믿었다. 그래서 산 곳곳의 멋진 바위마다 이름들이 새겨져 있는 것을 볼 수 있다. 과거에는 명산으로 소문난 산의 초입에 전문적으로 이름을 새겨주는 석공들이 바위에 이름을 새기고 싶어 하는 일반 사람들을 기다리고 있었다고 한다.

그러나 많은 사람들이 이름을 새기던 그때에도 바위에 이름을 새기는 것을 못마땅한 사람도 있었다. 조선시대의 뛰어난 학자인 남명南冥 조식曹植은 바위에 새긴 글에 대해 한탄하며 이렇게 말했다.

"대장부의 이름은 사관이 책에 기록해두고 넓은 땅 위에 사는 사람들의 입에 오르내려야지, 돌에 이름을 새기는 것은 날아다니는 새의 그림자만도 못하다."

어쩌면 바위에 이름을 새기는 행위는 이름을 남겨야 한다는 조선 유학의 입신양명 사상에 집착했기 때문에 생긴 것일지도 모른다. 그러나 조식의 지적처럼 그것은 새의 그림자만도 못한 일이다.

실제로 돌에 무엇인가를 새기면 일부러 훼손하지 않는 이상 오랫동안 남아 있다. 돌이 자연적으로 마모되기 위해서는 영겁의 세월이 필요하다. 그래서 옛 사람들은 바위에 자기의 바람을 담은 그림을 그렸다. 바로 바위그림이다. 따라서 바위그림을 보면 당시 사람들이 무엇을 바라고 기원했는지 알 수 있다.

고령의 양전동 바위그림에는 동심원, 십자형 등이 새겨져 있는데 동심원은 태양을 상징하는 것으로 추정된다. 그렇다면 농사를 잘 짓기 위해 태양에게 제사를 지낸 흔적일 것이다. 가장 풍성한 내용을 담고 있는 것은 울산에 있는 반구대이다. 반구대에는 육지동물과 바다고기, 사냥하는 장면 등 총 75종 200여 점의 그림이 새겨져 있다. 반구대의 바위그림은 양전동의 기원과는 조금 달라서 사냥감이 풍성해지고 사냥이 잘 되기를 비는 상징일 것이다.

만약 바위그림을 그린다면 무엇을 그리고 싶은가? 잘 생각해야 한다. 양전동의 바위그림이나 반구대의 바위그림은 청동기시대에 새

울산 반구대 바위그림. 반구대에는 육지동물과 바다고기, 사냥하는 장면 등 총 75종 200여 점의 그림이 새겨져 있다. 반구대의 바위그림은 사냥감이 풍성해지고 사냥이 잘 되기를 비는 상징일 것이다.

겨진 것으로 추정되기 때문이다. 한번 새기면 수천 년의 세월을 견딘 다는 말이다. 그래서 우리의 말과 행동 또한 바위그림 같아야 하지 않을까?

양전동 바위그림

고령 양전동에 있는 바위그림은 행정구역으로 보면 장기리 알터마을에 있다. 다만 양전동 바위그림이 발견되었을 때 당시 그곳이 양전리

였기 때문에 이름이 그렇게 붙여진 것이다. 바위에 그림을 새기면 오래가는 것처럼 그게 이름이든 이미지이든 한번 고정되면 쉽게 바꾸기 어렵다.

양전동 바위그림에는 동그라미가 겹쳐 있는 겹동그라미 무늬가 새겨져 있다. 18~20센티미터에 이르는 삼중원이다. 이 무늬에 대해 학자들은 여러 주장을 내놓았다. 동그라미는 고대사회에서 태양을 상징하고 그래서 태양신에 대한 숭배를 뜻하는 것으로 많이 해석된다. 고대사회에서 태양은 농사를 위해 반드시 필요한 상징물이었다는 점을 생각하면 수긍할 수 있는 해석이다.

이 해석에 더해 동그라미가 반복되는 시간의 흐름을 뜻한다는 해석도 있다. 자기 꼬리를 입에 문 뱀처럼 일 년이라는 생활 주기는 봄부터 겨울까지, 그리고 다시 봄이 찾아오는 시간의 흐름을 의미한다는 것이다. 지금이야 연말연시가 송년회의 시즌으로 변했지만 고대사회에서는 보다 절박하게 한 해의 죽음과 새로운 한 해의 시작을 뜻했기 때문에 그렇게 해석할 수도 있다는 말이다.

또 하나 추리할 수 있는 것은, 지명을 봐도 그렇고 원을 알로 생각하면 흥미로운 상상을 할 수 있다. 가야를 세운 김수로의 신화를 보면 하늘에서 내려온 금궤 안에서 여섯 개의 알이 발견되었고 그 알에서 나온 여섯 명이 여섯 가야를 세웠다고 나온다. 그래서 여섯 가야의 중심지가 잘 알려진 김해가 아니라 고령일 수 있다는 주장도 있다. 그러나 바위에 그려진 그림이 가야의 건국보다 더 오래되었다는 점과 알이 타원형인데 그림은 원형이라는 점에서 이 추리는 신빙성이 약하다.

아마 가장 보편적인 것은 그곳이 신성한 땅이었을 것이라는 주장이다. 바위에 새겨진 기하학적 그림은 함부로 들어와서는 안 되는 성스러운 영역을 나타내는 기호였을 수도 있다. 먼 고대에 그곳에 살던 사람들이 하늘에 제사를 지내거나 중요한 일을 처리하던 원시신앙의 유적지라고 보면 큰 무리가 없을 듯하다. 그것은 울주군 천전리 바위그림에서 신라 사람들의 신앙과 기원이 담겨 있는 흔적이 발견되었기 때문이다.

선사시대의 신앙과 생활

바위그림은 암각화, 암벽화라고도 부른다. 시기적으로 보면 구석기시대부터 바위그림이 그려진 것으로 생각되지만 본격적으로 나타나는 것은 신석기시대이다. 그리고 바위그림이 활짝 꽃을 피운 것은 청동기시대이다. 따라서 바위그림은 선사시대의 신앙이나 생활 모습을 생생하게 살필 수 있는 소중한 자산이다.

또한 시대가 선사시대인 탓에 사냥이나 어로, 유목을 주로 하는 고대인들의 희망이 담겨 있어 풍성한 생산을 바라는 주술적인 것이 많이 새겨져 있다. 그러나 때로는 기하학적인 도형이나 문자가 새겨져 있는 경우도 있다. 바위그림은 북방문화권의 유적으로 큰 바위나 신성한 곳에 있다. 따라서 바위그림을 통해 우리 민족이 어떤 경로로 이주해왔는지를 밝혀줄 수 있는 소중한 유적이다.

바위에 그림을 그리기 위해 여러 방법이 사용되었다. 동물성이나 식물성, 광물성 물감으로 말 그대로 그림을 그리기도 했고 돌이나 금속으로 바위를 쪼거나, 금을 그어 모습을 나타내거나 갈아서 형상화했다. 우리나라에서는 물감으로 그린 바위그림은 아직 발견되지 않았다. 그러나 바위에 새긴 그림들도 오랜 세월의 풍화를 이기지 못하고 맨눈으로 확인하기에 어려운 것이 많다.

한반도에서 발견된 바위그림 가운데 국보로 지정되어 있는 울산 반구대 바위그림이 가장 유명하다. 그러나 반구대 바위그림은 1965년에 건설된 댐의 영향으로 물속에 잠겨 있을 때가 많다. 반구대의 바위그림은 높이가 3미터에 너비가 10미터로 모두 75종 200여 점의 그림이 새겨져 있다.

반구대 바위그림 중 가장 많이 그려진 것은 동물의 모습이다. 육지동물은 호랑이, 멧돼지, 사슴 45점 등이 묘사되어 있는데, 호랑이는 함정에 빠진 모습과 새끼를 밴 호랑이의 모습 등이 새겨져 있다. 또한 멧돼지는 교미하는 모습이 그려져 있고, 사슴은 새끼들과 함께 그려져 있다. 바다 물고기도 많이 그려져 있는데 작살 맞은 고래, 새끼를 배거나 새끼와 함께 있는 고래의 모습 등을 볼 수 있다.

그리고 사람들의 모습도 볼 수 있는데, 사냥하는 장면에서 탈을 쓴 무당, 짐승을 사냥하는 사냥꾼, 배를 타고 고래를 잡는 어부 등의 모습이 묘사되어 있다. 또한 그물이나 배의 모습도 새겨져 있다. 동물과 물고기, 사냥하는 모습 등이 새겨져 있는 것은 보다 많은 동물이나 물고기를 잡고 싶은 희망을 주술적으로 표현한 것으로, 당시의 생활상을 그대로 볼 수 있다는 점에서 그 의미가 있다.

울산 반구대 바위그림 이외에 반구대에서 가까운 곳에 있으며 국내에서 최초(1970년)로 발견된 울주 천전리 각석(국보 제147호), 보물로 지정된 고령 양전동 바위그림, 영일 칠포리, 경주 석장동 금장대, 남원 봉황대 등에서 바위그림을 볼 수 있다.

지금까지 발견된 바위그림의 그림 가운데 약 절반 정도를 차지하는 것은 사다리꼴과 같은 기하학 문양이다. 이런 기하학 문양과 관련하여 아직 정확한 해석은 없다. 무늬가 다양한 것만큼 의견도 많기 때문이다.

한국의 바위그림을 보면 남아메리카 페루의 나스카 유적이 생각난다. 나스카 유적은 편평한 사막에 엄청나게 거대한 그림을 그려놓은 세계의 수수께끼 가운데 하나이다. 나스카의 그림은 바위가 아닌 사막에 그려놓았다는 점이 특이하다. 그러나 그 사막은 거의 비가 오지 않아 그림이 마모되거나 훼손될 우려가 거의 없다는 점에서 바위그림과 다르지 않다.

나스카에는 새 종류가 18종, 원숭이와 고래를 비롯한 동물, 그리고 가장 많은 것은 사다리꼴, 삼각형 등의 도형 그림이다. 한국의 바위 그림에 새겨진 것과 비슷하다. 다만 크기가 차이가 나는데 나스카에서 가장 큰 그림인 도마뱀 그림은 무려 188미터에 이른다.

돌의 생명력

바위그림과 연관해서 생각할 수 있는 것이 돌에 대한 숭배이다. 바위 그림이 바위에 희망을 담아 새긴 것이라면, 바위 숭배는 품고 있는 희망을 상징하는 돌을 찾아 소원을 비는 것이다. 바위를 숭배하는 민간 신앙은 돌의 크기나 기이함, 전설 등에 얽혀 있는 바위의 상징을 찾아내 신앙하는 것이다. 한반도에서는 주로 강하고 변하지 않는 바위의 생명력에 희망을 투영해서 아이들의 무병장수나 아이의 잉태를 비는 신앙으로 많이 발전했다.

경상북도 울진에서는 아이를 원하는 사람이 돌을 이용하는 전통적인 민속신앙이 있다. 우선 좋은 날을 잡아서 목욕을 한 다음 맑은 물로 일곱 번에서 아홉 번 씻은 흰 쌀 한 되로 밥을 짓는다. 그리고 실 한 타래를 밥 위에 얹고 한쪽은 돌에 매고 다른 한쪽은 부인의 배에 맨 다음 기도를 하는 것이다. 돌이 지닌 생명력을 얻는 일종의 감염주술이라고 할 수 있다.

바위 숭배 가운데 하나가 성기를 닮은 바위의 숭배이다. 성기 숭배는 돌이나 나무로 남녀의 성기를 닮은 것을 만들어 봉안해서 신앙의 대상으로 삼는 게 있고, 자연적인 바위 가운데 남녀 성기를 닮은 것을 찾아 신앙하는 것이 있다.

성기를 닮은 바위에는 대부분 금기가 있다. 근처에 자라고 있는 나무를 베어서도 안 되고 샘이 솟는 곳을 훼손해서도 안 된다. 이들 금기가 생긴 것은 가만히 생각해보면 쉽게 짐작할 수 있다. 그것은 생명에 대한 것이다. 생명에 대한 기원을 하면서 주위의 생명을 해친다면 어불성설이다. 또한 이를 강요하기 위해 금기를 어기면 벼락을 맞는 등의 벌을 받는다는 믿음이 있다.

이렇게 성기를 닮은 바위를 숭배하는 것은 풍요와 다산을 기원하기 위해서이다. 특히 자연적으로 남녀 성기를 닮은 바위라면 거기에 충만한 생명력이 있을 것이고 그 바위를 통해 생명력을 얻고 싶었을 것이다.

전하는 말에 따르면 여성 성기를 닮은 샘 등의 상징물을 휘저으면 그 동네 여자들이 바람이 난다 해서 옆 동네 총각들이 몰래 샘을 휘젓기도 했다. 물론 그 동네 남자들은 필사적으로 지켜야 했을 것이고. 이렇듯 희망하는 것이 서로 다르기는 해도 믿음은 다르지 않다.

가볼 만한 바위그림

● 반구대 바위그림(국보 제285호)

편평한 바위 면에 고래, 개, 늑대, 호랑이, 사슴, 멧돼지, 곰, 토끼, 여우, 거북, 물고기, 사람 등의 모습과 고래를 잡는 모습, 배와 어부의 모습, 사냥하는 모습 등이 새겨져 있다.

바위그림이 새겨진 연대에 대해서는 신석기시대부터 청동기시대 사이로 추정된다. 또한 표현양식과 내용 등을 볼 때 오랜 시간에 걸쳐 새겨졌음을 알 수 있다. 반구대 바위그림을 잘 보기 위해서는 햇살이 바위 면을 비추는 오후에 가는 것이 좋다.

소재지: 울산광역시 울주군 언양읍 반구대안길 285

● 천전리 각석(국보147호)

시베리아를 제외한 극동지방에서 한국에만 유일하게 남아 있는 선사시대의 유적이다. 커다란 바위에는 선사시대부터 신라 말기에 이르는 오랜 시간 동안 새긴 여러 기하학적인 문양과 명문이 새겨져 있다. 천전리 각석은 반구대 바위그림이 있는 곳에서 그리 멀지 않은 곳에 있다.

소재지: 울산광역시 울주군 두동면 천전리 산210

천전리 각석

● 고령 양전동 바위그림(보물 제605호)

직사각형 암벽에 선사시대의 신앙과 생활상이 표현된 바위그림이 새겨져 있다. 바위그림을 통해 이곳이 선사시대 사람들의 원시신앙 유적지로 추정된다. 발견된 장소가 알터라는 곳으로 신라와 가야의 난생신화와 연관이 있을 것으로 추측하기도 한다.

소재지: 경상북도 고령군 고령읍 아래알터길 15-5

욕 망 이

사 라 지 는

텅   빈

공 의 세 계

절터

텅 빈 절터에 서면 마음을 비울 수가 있어서 좋다. 세상을 살아가면서 자꾸만 마음속에 채
우게 되는 사념과 헛된 욕망을 덜어낼 수가 있다. 마음의 덮개를 한쪽으로 밀어놓고 마음
을 환기시킬 수 있다. 그렇게 맑은 공기로 마음의 방을 채울 수 있다.

미륵리사지와 마의태자

예전에 절이 있었던, 그래서 이제는 풀만 무성하거나 더러 탑이나 부도 등의 흔적이 남아서 과거에 그곳에 사람들이 있었고 건물들이 있었음을 말없이 보여주는 절터에 가면 왜인지 늘 마음이 편안하다. 그것은 그곳이 열려 있는 공간이기 때문일까?

당연한 말이지만 무엇이든 비어 있어야 채울 수가 있다. 그곳이 창고이든 내 마음이든 다를 것이 없다. 창고나 마음이 꽉 차면 더 이상 넣거나 채울 수가 없게 되고 결국 문을 닫아야 한다. 수묵화의 매력이 바로 여백에 있는 것처럼 우리들의 마음도 그러하기를 바라기 때문에 절터가 편안한 것인지도 모르겠다. 무엇인가를 갖길 원한다면 손에 들고 있는 것을 내려놓아야 한다. 빈손이 되지 않으면, 그러니까 손이 자유롭지 못하면 무엇인가를 집을 수 없고 새롭게 원하는 것을 얻을 수 없다. 한 걸음 더 나아가면 고정관념이나 매너리즘, 집착 등은 내려놓아야 행복해질 수 있는 것들이다.

그런데 절터는 과거를 지니고 있다. 절터는 자연 모습 그대로와 달리 삶의 흔적이 있기 때문이다. 절터가 아닌 절이라고 해서 과거가 없는 것은 아니겠지만 어떤 이유에서든 사람들이 떠나고 건물이 사라진 절터의 과거는 절의 그것에 비해 각별할 수밖에 없다. 그것은 이루지 못한 소망이 훨씬 크게 느껴지는 것과 다르지 않다.

강화 선원사지. 수묵화의 매력이 바로 여백에 있는 것처럼 우리들의 마음도 그러하기를 바라기 때문에 절터가 편안한 것인지도 모르겠다. 무엇인가를 갖길 원한다면 손에 들고 있는 것을 내려놓아야 한다. 빈손이 되지 않으면 새롭게 원하는 것을 얻을 수 없다.

텅 빈 절터에 서면 마음을 비울 수가 있어서 좋다. 세상을 살아가면서 자꾸만 마음속에 채우게 되는 사념과 헛된 욕망을 덜어낼 수가 있다. 마음의 덮개를 한쪽으로 밀어놓고 마음을 환기시킬 수 있다. 그렇게 맑은 공기로 마음의 방을 채울 수 있다.

충주에서 문경으로 넘어가는 가장 오래된 길은 하늘재이다. 얼핏 문경새재를 떠올리기 쉽지만 하늘재가 더 오래된 길이다. 하늘재는 삼국시대에 삼국이 국경을 맞대고 있던 지역으로 그와 관련된 유적이 많이 남아 있는 곳이다. 또한 지금도 옛길이 남아 사람들의 발길을 잡아 끈다.

　　그리고 그곳에 미륵리사지가 있다. 미륵리사지는 전라북도 익산의 미륵사지를 연상시키지만 엄연히 다르다. 미륵리사지는 삼국의 사람들이 오가는 갈림길에 있었던 절이다. 그 갈림길에서 신라의 마지막 태자 마의태자와 그의 동생 덕주공주의 이야기가 바람을 타고 오랫동안 전해져 왔다.

　　미륵리사지에는 큰 미륵이 탑을 거느리고 우뚝 서 있다. 건축 시기가 고려 초로 추정되는데 미륵은 그때나 지금이나 북쪽을 향해 긴 상념에 빠져 있다. 우리나라의 미륵 가운데 북향을 하고 있는 건 미륵리사지의 미륵뿐이다. 그리고 조금 북쪽으로 향하면 덕주사가 나오고 그 뒤편에 마애불이 있는데 방향을 따지면 서로 마주보고 있다. 이 때문인지 미륵리사지의 미륵은 마의태자이고 덕주사 뒤편에 있는 마애불은 덕주공주의 얼굴이라는 이야기가 전해진다.

　　햇살이 좋을 때 미륵리사지를 찾으면 유난히 얼굴이 하얀 미륵이 "너 또한 나처럼 하늘 위에 또렷하게 새겨진 산의 능선을 바라보라, 그래서 흔들리는 마음을 날려 보내고 마침내 텅 빈 하늘이 되라"고 말을 던진다. 마의태자가 망국의 슬픔과 분노를 미륵에 담아 흘려 보냈듯이 우리 또한 마음을 짓누르는 덮개를 걷어낼 일이다.

욕망이 사라지는 텅 빈 공의 세계
절터

충주 미륵리사지 미륵불. 신라의 마지막 태자 마의태자와 그의 동생 덕주공주의 이야기가
바람을 타고 오랫동안 전해져 왔다. 미륵리사지에는 큰 미륵이 탑을 거느리고 우뚝 서 있
다. 우리나라의 미륵 가운데 북향을 하고 있는 건 미륵리사지의 미륵뿐이다.

보림사 이야기

우리나라에는 절도 많지만 수많은 절터가 있다. 한때 융성했던 절이 폐사가 되는 건 여러 이유 때문이다. 전란이나 화재 등의 어쩔 수 없는 재해에 의한 경우도 있다. 그러나 대부분은 절이 사람들의 믿음을 잃었기 때문에 폐사되는 경우이다. 신전이나 교회가 그렇듯이 절이라는 건축물은 사람들의 믿음을 토대로 하고 있는데 그 믿음을 잃을 때 무너질 수밖에 없다.

경상남도 창녕에 보림골이라는 곳이 있는데 과거 이곳에는 보림사라는 큰 절이 있었다고 한다. 절이 얼마나 컸는지 공양을 위해 쌀을 씻으면 10리가 넘는 곳까지 쌀 씻은 물이 흘러갔다고 한다.

그 보림사 뒤에는 언덕이 하나 있는데 천하의 명당으로 알려졌다. 그러나 어느 누구도 그 언덕에 무덤을 쓰지 못했다. 보림사의 승려들이 결사적으로 막았기 때문이다. 그곳에 무덤을 쓰면 보림사가 망한다는 말이 전해지고 있었던 까닭이다.

한번은 인근 밀양의 족벌이 그곳에 무덤을 만들려고 했다. 보림사의 승려들은 그 말을 듣고 명당자리를 지키기 시작했다. 명문가의 사람들과 승려들은 땅을 놓고 대치했다. 어느 날 밀양의 명문가가 온다 간다는 말도 없이 집으로 돌아갔다. 승려들은 안심하고 절로 돌아갔다. 그런데 밀양의 명문가가 다시 상여를 들고 반대쪽으로 올라왔다.

승려들은 다시 모두 몰려가 상여가 산으로 오르지 못하게 막았다. 이렇게 며칠을 공방하다가 상여가 물러갔다.

그런데 그 사이 명당자리에 무덤이 생겼다. 밀양의 명문가가 승려들을 속인 것이었다. 옛 풍습에 한번 무덤을 쓰면 그것을 파헤칠 수 없었다. 얼핏 명문가의 승리로 보였다. 그러나 보림사의 승려들도 가만히 있지 않았다. 보림사의 승려들은 맞불을 놓았다. 명당 뒤에 있는 산봉우리에 고깔을 씌우고 이름을 고깔봉이라고 불렀다.

고깔은 승려들이 쓰는 것이다. 다른 말로 하면 후손이 없는 승려들처럼 그 명문가에 대해 멸족이라는 저주를 내린 것이다. 사람들의 영혼을 위로해야 할 승려들이 무서운 저주를 퍼부은 셈이다. 결과는 너무나 당연했다. 보림사는 그 이후 몰락하기 시작해 폐사가 되었고 밀양의 명문가 또한 자손이 없어 멸족하였다. 명당자리 하나 때문에 절이 망하고 명문가가 망한 것이 아니라 그 탐욕스러운 마음 때문에 모두 사라지게 된 것이다. 명당자리는 구실에 불과했다.

보림사에는 또 다른 이야기가 있다. 어느 해인가 흉년이 들었다. 보림사 위의 법화암이라는 암자의 고승이 상좌를 데리고 뒷산으로 가서 구덩이를 하나 파자 거기서 사람들이 먹을 만큼의 쌀이 쏟아져 나왔다. 승려들은 이 쌀로 흉년을 넘길 수 있었다. 그런데 그 고승이 다른 곳으로 옮겨가자 다른 승려들이 더 많은 쌀을 얻기 위해 구덩이를 넓혔다. 그러자 쌀은 나오지 않고 빈대가 쏟아져 나왔고 법화암뿐만

아니라 보림사까지 빈대로 덮여 절이 망했다고 한다. 모범을 보여야
할 승려들이 욕심을 부린 탓에 절까지 잃었다는 이야기다.

흥덕사지와 황룡사지

삼국시대에 신라는 불교를 통치이념으로 하여 삼국을 통일했다. 이후
불교는 기존에 있던 다른 종교들과 비교적 잘 융합하면서 발전했고 고
려시대에 들어 찬란한 불교문화를 만들어냈다. 그러나 조선시대에 들
어 유교가 국가의 이념이 되면서 불교는 탄압을 받았다. 삼국을 지나
고려를 지나면서 수많은 절이 지어졌지만 조선시대에 들어 그 터만 남
기고 사라진 절이 많다.

그 가운데에는 믿음을 바탕으로 절이 생겼다가 사라진 곳도 있고
문화적 업적을 뒤로하고 사라진 절도 있다. 청주에 있는 흥덕사지는
후자에 속한다. 흥덕사는 신라 말기인 9세기에 건립되어 조선 초기인
15세기경에 폐사된 것으로 추정되는 절이다. 그러니까 고려시대를 온
전하게 함께했던 절이다.

흥덕사가 주목을 받는 것은 세계에서 가장 오래된 금속활자를 찍
은 곳이기 때문이다. 결국 흥덕사는 한국 인쇄문화의 발상지라고 할
수 있다. 이런 이유 때문에 흥덕사지가 있는 청주에 고인쇄박물관이

있다. 흥덕사지와 더불어 찾아보면 옛 조상들의 인쇄문화에 대해 견식을 넓힐 수 있을 것이다. 물론 흥덕사지는 오늘날에는 몇 개의 주춧돌이 과거의 찬란한 영광을 조용하게 이야기해 주고 있을 뿐이다.

한적한 절터 여행이라면 경기도와 강원도, 충청도가 만나는 곳으로 가보면 좋을 듯하다. 이곳에 많은 절터가 모여 있다. 영동고속도로의 문막 나들목으로 나가면 부론면의 거돈사지와 법천사지, 지정면의 흥법사지, 황산사지, 용운사지 등이 서로 멀리 떨어지지 않은 곳에 자리하고 있다. 특히 거돈사지와 법천사지는 통일신라시대에 창건해서 고려시대에 융성했던 절들로, 넓은 터와 함께 국보급 유물까지 있어 여행자의 눈길을 잡아챈다. 그뿐만 아니라 부론면에서 충주 쪽으로 내

거돈사지는 너른 풀밭이다. 절터의 규모로만 봐도 전성기 때엔 찬란한 영광을 자랑했던 곳으로 보인다. 남한강을 통한 교역이 활발하였을 때 그와 비례해서 절의 규모도 커졌을 것이다.

려가면 청룡사지가 있고 여주 쪽으로 가면 고달사지가 있다. 고달사지는 고려시대의 부도를 대표하는 국보 제4호인 고달사지 부도와 보물 제6, 7, 8호가 있는 곳이다.

지리에 능숙한 사람이라면 이들 절터들이 남한강을 끼고 자리하고 있음을 알아차렸을 것이다. 옛날에 남한강 물길은 많은 물자들이 오고가는 주요 운송 경로였다. 멀리 정선에서 한강까지 물자들이 오갔다. 아리랑이 정선에서 유래한 것도 이런 이유 때문이다.

그런데 물은 뭍보다 위험하다. 사나운 물살에 뗏목이 뒤집히기도 하고 사람이 희생되기도 했다. 그런 이유로 남한강변에 많은 절들이 생겼다. 주머니 사정이 괜찮은 상인들은 많은 시주를 했고 그와 비례해서 절의 규모도 커졌다. 그러다가 남한강을 통한 교역이 쇠퇴하면서 절 또한 퇴락하고 말았다. 유독 남한강변에 절터가 많은 이유다. 남한강변의 절터 여행은 이런 사정이 더해 고적하고 남다른 정취가 있다.

우리나라에서 가장 웅장한 절터를 꼽으라면 단연 경주에 있는 황룡사지이다. 근처에 있는 분황사가 갇혀 있는 듯한 갑갑한 느낌을 주기 때문에 더욱 황룡사지의 너른 공간이 돋보이는 것일지도 모르지만 큰 돌이 깔린 황룡사지는 넓고도 웅혼한 느낌까지 준다. 이런 이유로 경주 여행의 첫걸음은 황룡사지가 되어야 한다는 생각은 개인적인 것일까? 그 생각의 밑바닥에는 찬란하고 아름다웠던 고대의 경주로 들어가는 문이 황룡사지라는 믿음이 깔려 있다.

절이 사라진 절터

과거에 절이 있었던, 그러나 이제는 풀밭으로 남은 절터를 찾을 때면 늘 어머니의 편안한 품에 안기듯 까닭 모를 흐뭇함을 느낀다. 눈에 보이지는 않지만 그래서 오히려 많은 이야기를 해주는 곳이 바로 절이 있던 자리다.

대개의 절터는 담이 무너지고 이제는 지키는 이도 없이 홀로 선 탑이나 부도가 예전에 그곳에 절이 있었던 곳임을 알려주는 표시판 역할을 한다. 그럴 때면 술을 한잔하고 흐트러진, 그래서 더 인간미가 풍기는 사람을 만나는 듯, 그것을 바라보는 마음 또한 너그러워진다. 이런 이유로 절터를 즐겨 찾게 된다.

사사로운 욕망 없이 풍요로운 쉼을 원할 때에는 절터가 제격이다. 절터에 가만히 앉아 있으면 오랜 시간의 흔적이 바람처럼 스쳐 지나간다. 그럴 때 세속에서 입고 온 삿된 욕망의 옷을 벗고 정면에서 그 바람을 맞아보라. 그때가 해가 지는 저녁이라면 더할 나위가 없겠다. 진짜 여행은 이런 것이 아닐까 하는 생각이 절로 들 것이다. 참으로 무거운 마음을 내려놓고 쉰다는 것, 바로 그것이 아닐까 하는 생각……. 절이 사라진 절터에서 말이다.

220

가볼 만한 절터

절터는 말 그대로 절이 있었던 자리이다. 한 곳에 서서 과거 절의 모습을 상상해보는 것도 즐거운 일이다. 또한 절터에는 흔적으로 탑과 같은 부속물들이 남아 있는 경우도 있다. 너른 절터는 상상력의 공간이다.

● 거돈사지

거돈사지는 너른 풀밭이다. 가운데에 금당터가 있고 중앙에 2미터 정도 높이의 불대좌佛臺座가 있다. 또한 금당터 앞에 보물 제750호인 삼층석탑이 있고 북쪽에 보물 제78호인 거돈사원공국사승묘탑비가 있다. 인근 법천리에 법천사지, 지정면 안창리에 흥법사지가 있다. 흥법사지에는 삼층석탑(보물 제464호), 진공대사탑(보물 제365호), 진공대사탑비, 염거화상탑(국보 제104호)이 있었지만 진공대사탑과 진공대사탑비는 일본으로 유출되었다가 국립중앙박물관에 보관되어 있고 염거화상탑 또한 국립중앙박물관에 자리 잡고 있다.
소재지: 강원도 원주시 부론면 정산리

● 진전사지

진전사는 신라시대에 중국에서 공부를 하고 돌아온 도의선사가 세운 절이다. 도의선사는 당시의 귀족들이 선종을 받아들이지 않자 경주에서 멀리 떨어진 양양에 절을 세웠다. 현재는 삼층석탑과 부도만 남아 있을 뿐이다.
소재지: 강원도 양양군 강현면 둔전리

● 청룡사지

남한강 강가에 있는 절터. 보각국사 정혜원융탑(국보 제197호)과 비석, 사자석등(보물 제656호)을 비롯한 여러 문화재가 있으며 강가에 있는 탓에 풍광이 매우 아름답다.
소재지: 충청북도 충주시 소태면 오량리

● 고달사지

남한강 자락에 있는 절터. 왕실의 비호를 받던 절이지만 언제 폐사가 되었는지는 모른다. 고달사지 부도(국보 제4호), 고달사원종대사혜진탑비(보물 제6호), 고달사원종대사혜진탑(보물 제7호), 고달사지석불좌(보물 제8호) 등 여러 문화재가 남아 있다.

소재지: 경기도 여주시 북내면 상교리

● 회암사지

회암사는 고려시대 인도의 승려인 지공이 세운 절이다. 현재 절터에는 지공, 나옹, 무학의 부도와 쌍사자석등(보물 제389호) 등이 남아 있다.

소재지: 경기도 양주시 회암동 천보산

● 보원사지

현재 남아 있는 당간지주와 오층석탑 등으로 보아 통일신라시대에 세워진 사찰로 보이지만 백제의 것으로 보이는 금동불입상이 출토되었고 백제의 미소로 불리는 마애삼존불상(국보 제84호)이 가까운 곳에 있는 것으로 보아 백제시대에 사찰이 있었을 것으로 추정된다.

소재지: 충청남도 서산시 운산면 용현리

서산 보원사지

● 정림사지

백제의 전형적인 사찰 양식을 보여주는 절터. 고려시대의 명문이 기록되어 있는 기와가 발견되었지만 오층석탑(국보 제9호)이 백제의 것이어서 정림사는 백제시대에 건립된 것임을 추정하게 한다.

소재지: 충청남도 부여군 부여읍 동남리

● 미륵사지

추정되는 규모로만 본다면 우리나라에서 가장 큰 사찰이다. 미륵사지는 백제 무왕과 선화공주의 이야기를 전한다. 동양 최대의 미륵사지 석탑(국보 제11호)과 미륵사지 당간지주(보물 제236호)가 남아 있다.

소재지: 전라북도 익산시 금마면 기양리

● 제석사지

제석사는 백제 무왕이 왕궁을 옮길 계획을 세우면서 왕궁 근처에 세운 절이다. 미륵사지와 더불어 백제를 연구하는 데 중요한 자료가 된다. 부근에 왕궁리 오층석탑이 있는 왕궁리 절터가 있다.
소재지: 전라북도 익산시 왕궁면 왕궁리

● 만복사지
현재 만복사지에는 5층석탑(보물 제30호)과 통일신라 후기에서 고려 전기의 것으로 추정되
는 만복사지석불입상(보물 제43호), 만복사지석좌(보물 제31호), 만복사지당간지주(보물 제
32호) 등이 남아 있다.
소재지: 전라북도 남원시 왕정동

● 안국사지
고려시대에 건축된 안국사에는 나란히 보물로 지정된 석불입상(제100호)과 석탑(제101호)
이 남아 있다.
소재지: 충청남도 당진시 정미면 수당리

● 성주사지
성주사는 비석의 파편을 통해 백제 법왕의 명령에 의해 세워졌음이 밝혀졌다. 당에서 돌아온
낭혜화상에 이르러 크게 발전했다. 현재 성주사지에는 석등과 오층석탑, 낭혜화상백월보광
탑비(국보 제8호)가 남아 있다.
소재지: 충청남도 보령시 성주면 성주리

성주사지 전경

● 영암사지
가야산과 지리산을 연결하는 중간 지점의 황매산黃梅山 남쪽 기슭에 있다. 현재 삼층석탑과
쌍사자석등 등이 남아 있다. 여러 유구와 유물을 살펴보면 경상남도 지방에서 보기 드문 큰
사찰이었음을 추정할 수 있다.
소재지: 경상남도 합천군 가회면 둔내리

● 감은사지

《삼국유사》에 따르면 문무왕이 왜구를 몰아내기 위해 세우기 시작했지만 아들인 신문왕 대에 완성되었다. 현재 삼층석탑(국보 제112호)이 웅장한 모습으로 빈 절터를 지키고 있다.

소재지: 경상북도 경주시 양북면 용당리

● 황룡사지

신라 진흥왕 대에 건립되기 시작해 선덕여왕 대에 구층목탑이 완성되었다. 그러나 고려시대에 들어 몽골의 침입으로 모두 불타고 말았다.

소재지: 경상북도 경주시 구황동

작 지 만
풍 요 로 운
소　　망

서낭당
—
성황당

서낭당은 경계의 역할을 했다. 이곳과 저곳, 성스러움과 속된 것, 너와 나, 선과 악을 구분
짓는 역할을 서낭당이 맡고 있었다. 이곳은 성스러움과 선한 곳임을 상징적으로 보여주는
것이 서낭당이다.

희망의 돌무더기, 서낭당

길가에 쌓여 있는 돌무더기는 늘 작은 감회를 안겨준다. 돌무더기는 지나가는 사람들이 길가에 뒹굴던 돌을 하나씩 쌓아놓은 것일 뿐이다. 마이산의 탑처럼 먼 곳에서 좋은 돌을 골라서 일부러 쌓은 것이 아니다. 따라서 형태가 예쁘거나 장엄하거나 하지도 않다.

   그런데도 깊은 감회를 주는 것은 많은 사람들의 손길을 탄 조형물이기 때문이고 많은 사람들의 소원과 희망을 담고 있기에 그럴 것이다. 훌륭한 예술가가 만든 예술품도 보는 사람에게 감동을 주지만 많은 사람들의 힘으로 만든 것 또한 감동을 준다. 거기에 서낭당은 돌 하나하나에 때로는 가벼운, 때로는 무거운 소원이 담겨 있기에 감흥은

서산에 있는 미륵삼존불상을 보러갔을 때, 백제의 미소라고 불리는 그 아름다운 불상보다 담 위에 쌓인 돌무더기에 더 신경이 쓰여 불상을 제대로 보지 못하고 다음을 기약했던 적이 있다. 삼존불상을 찾았던 사람들이 돌아서며 차마 불상에 빌지 못했던 마음을 하나씩 그곳에 내려놓고 간 것일까?

더할 수밖에 없다. 돌무더기 속에는 어쩌면 사람을 살리고 죽이는 간절한 마음이 투영된 돌도 있을 것이다. 어찌 감회가 없을까?

우리나라에서 가장 아름다운 미소로 꼽히는 서산에 있는 미륵삼존불상을 보러갔을 때, 백제의 미소라고 불리는 그 아름다운 불상보다 담 위에 쌓인 돌무더기에 더 신경이 쓰여 불상을 제대로 보지 못하고 다음을 기약했던 적이 있다. 삼존불상을 찾았던 사람들이 돌아서며 차마 불상에 빌지 못했던 마음을 하나씩 그곳에 내려놓고 간 것일까?

사실 이곳저곳 다니다보면 일부러 찾지 않아도 돌무더기가 자주 눈에 띈다. 산길을 걸어도 기슭 어스름 바위 위에나 개울가 편평한 바위 한구석에 어김없이 돌무더기가 있고, 마을 어귀를 지날 때에도, 심지어는 절의 탑 모서리 위에도 있다.

이곳저곳 다니다보면 일부러 찾지 않아도 돌무더기가 자주 눈에 띈다. 산길을 걸어도 기슭 어스름 비위 위에나 개울가 편평한 바위 한구석에 어김없이 있고, 마을 어귀를 지날 때에도, 심지어는 절의 탑 모서리 위에도 있다.

어릴 때 정월 대보름날에 달을 보고 소원을 빌면 원하는 것을 이룰 수 있다는 걸 알았다. 크리스마스를 몰랐던 어린 시절에 달은 산타클로스였다. 산타클로스와 다른 것이 있다면 산타클로스는 곧바로 작은 선물을 주지만 달은 잊지 않고만 있으면 먼 훗날 엄청나게 큰 선물을 준다는 사실이다.

길가에서 볼 수 있는 돌무더기는 어른들의 바람이 실려 있는 일종의 산타클로스이며 대보름의 달이다. 재미로 돌을 쌓을 수도 있지만 쌓아본 사람은 안다. 무너지지 않게 하기 위해 가슴을 졸이며 그 순간 얼마나 마음이 간절해지는지. 그때 바닥에서 뒹굴던 돌은 신성함을 지니게 되고 성스러운 신앙의 상징물이 된다. 우리의 삶 또한 다르지 않다. 그 간절함으로 해서 삶이 생생해지고 남과 다른 내가 된다는 것 말이다.

마을 입구나 마을의 성스러운 곳인 당산 터, 고갯마루 등 한 지역의 경계가 되는 곳에 위치하며 사람들의 희망을 담고 있는 돌무더기를 흔히 서낭당이라고 부른다. 대개 서낭당은 솟대나 장승, 신당, 신목 등과 함께 있는 경우가 많다. 서낭당은 서민들의 희망을 품고 있는, 비록 작지만 풍요로운 세계를 가진 장소이다.

작지만 풍요로운 소망
서낭당/성황당

대관령 서낭신 범일국사

서낭당의 유래에 관한 여러 이야기가 전해져 내려온다. 중국의 이야기도 있고 어울리지 않을 듯한 승려와 관계된 이야기도 있다.

음력 5월 3일부터 7일까지 강릉에서 단오제가 열린다. 단오제에서 모시는 신은 대관령 산신인 김유신, 대관령 서낭신인 범일국사, 대관령 여서낭신이다. 단오제를 시작하기에 앞서 먼저 대관령 산신제를 지내고 대관령 서낭신제를 지내게 된다.

그런데 참으로 독특한 것은 대관령 서낭신인 범일국사의 정체이다. 범일국사는 통일신라시대에 강릉에 살았던 승려이다. 그런데 승려의 몸으로 불교가 아닌 우리 전통 신앙인 샤머니즘에 속한 대관령 서낭신이 된 것도 그렇고 게다가 그가 서낭신이 된 것은 임진왜란이 지나서이다. 이야기는 이렇다.

옛날 어느 부잣집에 한 처녀가 살았다. 그런데 바가지로 물을 마시려고 할 때마다 물 위에 해가 떠 있는 게 보였다. 몇 번이고 이런 일이 되풀이되자 처녀는 망설이다가 그 물을 마시고 말았다.

그런데 그 이후로 임신이 되었다. 처녀가 아이를 밴 것이다. 달이 차고 아이가 태어나자 처녀는 창피함 때문에 가족과 이웃들 몰래 아이를 버렸다. 그러나 인륜은 천륜이라고 했다. 처녀는 자기가 낳은 아이 생각 때문에 아무 일도 할 수 없었다. 그래서 다음날 아이를 버린 곳으로 다시 찾아갔다.

그곳에는 놀라운 일이 벌어지고 있었다. 산짐승과 날짐승들이 아이를 보호하고 있었던 것이다. 그 모습을 본 처녀는 아이가 보통 아이가 아님을 알고 데리고 와서 정성을 다해 키웠다. 아이는 처녀의 바람대로 훌륭하게 자랐다.

아이는 훗날 경주로 가서 공부를 많이 하고 국사國師가 되었다. 아이의 이름은 범일로 중국에도 이름을 떨칠 정도로 훌륭한 사람이었다. 범일국사가 살았던 곳이 바로 강릉이다. 그런데 임진왜란 때 왜군이 쳐들어오자 대관령에 올라가 술법을 부렸다. 그러자 나무와 풀이 모두 군사가 되었는데 그 기운이 예사롭지 않았다. 이런 이유로 왜군은 대관령으로 진군하지 못했다. 이렇게 나라를 위해 훌륭한 일을 한 범일국사는 죽어서 대관령 서낭신이 되었다.

앞에서 말한 대로 범일은 신라시대의 고승이다. 그런데 대관령 서낭신이 된 것은 임진왜란 이후이다. 그것은 조선 후기에 서낭신에 대한 신앙이 강해지면서 그 지역 출신 가운데 범일국사를 택해서 서낭신으로 삼은 것이다. 이런 사례를 보면 사람들의 믿음이나 희망이라는 것이 시간과 공간을 초월하고 있음을 알 수 있다.

경계의 역할, 서낭당

돌을 쌓아두고 신앙하는 돌탑은 여러 이름을 갖고 있다. 돌무더기, 돌탑, 말무덤, 돌서낭, 수살탑, 수구메기 등이 그것이다. 서낭당은 때로 장승, 솟대, 선돌, 신당, 신목神木 등과 함께 서낭당의 형태를 이루기는 하지만 대개는 신목과 돌무더기의 형태로 존재하는 경우가 많다. 여기서 신목은 하늘과 땅을 이어주는 우주나무를 연상하게 만든다. 따라서 서낭당은 지극히 개인적인 신앙의 대상이다.

서낭당은 지방에 따라 성황당, 할미당, 천왕당, 국사당 등으로 불린다. 그러나 서낭당과 성황당은 이름이 비슷할 뿐 서로 다른 곳이다. 성황은 중국 도교 신이며 성城과 연관이 있는 신이다. 정확하게 말하면 성 주위에 방어를 위해 파놓은 해자垓子의 신이다. 서낭당이라는 말의 유래 가운데 하나가 산왕山王이다. 산왕은 말 그대로 산신을 가리킨다.

서낭당의 유래와 관련해 매우 재미있는 이야기가 있다. 결혼을 하지 못한 처녀가 죽으면 길가에 돌로 만든 석총을 만들고 그곳을 지나는 많은 남자와 접촉하게 만들어줌으로써 처녀의 원한을 풀게 했다는 것이다. 그러니까 원래는 무덤이었지만 뼈를 보이지 않게 감추기 위해 돌을 쌓았다는 말이다. 이 밖에도 서낭당에 얽힌 이야기는 그 역할만큼이나 많다.

서낭당은 서낭신을 모신 신성한 공간으로서 신앙의 장소이다. 그곳의 물건은 함부로 만지거나 옮길 수 없고 그 지역은 함부로 파헤칠 수 없다는 등의 금기가 있는 게 보통이다. 사람들은 그곳에 제물을 바치거나 오색 천이나 돌을 놓는다든지 하면서 자기의 소원을 빌게 된다.

서낭당의 중심적인 역할은 그 위치에서도 알 수 있듯이 한 지역의 수호자로서 외부에서 마을로 들어오는 재앙이나 질병을 막는 것이다. 이 밖에도 아이의 무병장수, 장사의 성공, 여행자의 안전 등을 빈다.

또한 서낭당은 장승처럼 경계의 역할도 한다. 《삼국사기》에 돌무더기에 대한 이런 기록이 나온다. 고구려군이 백제에 침입하자 백제군은 이에 대항하여 싸웠다. 결국 고구려군은 후퇴하고 백제군은 고구려군을 추격하다가 수곡성에서 멈추고 돌을 쌓아 기념했다고 한다. 이 경우 경계의 의미도 있지만 전투에서의 승리를 신에게 감사하는 기념물로도 읽을 수 있다. 왜냐하면 서낭당은 서낭신을 모시고 서낭제라고 불리는 마을 전체의 제의를 벌이는 곳이기도 했기 때문이다.

서낭당의 역할을 하나로 설명해야 한다면 그것은 경계이다. 그렇다고 국경처럼 물리적인 공간을 구분하는 경계를 뜻하는 것만은 아니다. 이곳과 저곳, 성스러움과 속된 것, 너와 나, 선과 악을 구분 짓는 역할을 서낭당이 맡고 있다는 말이다. 그러니까 이곳은 성스럽고 선한 곳임을 상징적으로 보여주는 것이 서낭당이다. 옛 사람들에게 바깥세상은 위험한 곳이었다. 그리하여 서낭당을 바깥과 안 사이에 둠으로써 이곳을 안전한 곳으로 만들려고 했다. 따라서 바깥으로 나가는 사람은 서낭당에 가호를 빌고, 안으로 들어오는 사람은 서낭당을 통해 몸과 마음을 정화했던 것이다. 서낭당이 돌로 이루어져 있다는 것은 돌이 지닌 영속성 때문일 것이다.

금줄과 상징물

지금도 사람들은 자기가 모르는 곳에 갈 때 흥분과 불안을 느낀다. 여행이 지닌 속성 가운데 하나다. 그건 옛날에도 다르지 않았다. 낯선 사람, 낯선 곳에 대한 불안감을 돌무더기에 돌을 얹는 행위로 해소하려고 했던 것이다.

　과거의 서낭당은 현재의 담이다. 땅 위에 사람들이 늘어나면서 이웃사촌이라는 말은 사라지고, 이웃에는 과거의 다른 지역 사람들이었던 타자가 산다. 이제 더 이상 이곳과 저곳의 경계가 없고 따라서 서낭당을 통해 성스러움과 속된 것을 구분할 수도 없게 되었다. 우리의 삶이 신성함과 성스러움을 잃은 것은 서낭당과 같은 상징물을 우리 주위에서 없앴기 때문이 아닐까?

　예전에는 아이가 태어나면 문에 금줄을 걸었다. 그 금줄을 보면 아이가 태어났다는 것, 아이가 남자아이인지 여자아이인지를 알 수 있었다. 이때 금줄은 경계이기도 했다. 문은 지나다니기 위해 만든 것이지만 금줄이 걸려 있을 때는 조심하고 삼가야 했다.

그러나 이제는 금줄도 서낭당도 찾아보기 힘들다. 너와 나의 경계를 잊었지만 그렇다고 우리가 예전보다 더 친밀해진 것도 아니다. 경계도 잊고 그 때문에 소박하고 아름다운 희망 또한 잃은 것은 아닐까? 이제 작은 소망을 내밀한 마음에 담아 빌던 그 정취와 마음이 사라진 시대에 우리가 살고 있다.

작지만 풍요로운 소망
서낭당/성황당

이 질 적 인

것 이   주 는

새   로   움

산신각
—
명부전

산신각의 탱화에는 대개 노인과 호랑이가 등장한다. 노인과 호랑이는 바로 산신을 상징한다. 왜 호랑이일까? 우리가 단군의 후손이라면 곰이 더 가까워야 할 텐데 말이다.

산신각과 김시습

유럽을 여행해본 사람이라면 잘 알겠지만 특히 서유럽의 경우 하루 종일 기차를 타도 산을 보지 못할 때가 있다. 국경 부근에 가서야 국경을 이루는 산을 볼 수 있다고나 할까? 그에 비해 우리나라는 집 앞만 나서도 대개 산을 만날 수 있다. 학교 때 배운 대로라면 국토의 70퍼센트가 산이다.

유럽 사람들은 집이 갑갑하면 길로 나섰다. 이곳저곳 떠돌아다니며 갑갑증을 해소했다. 유럽의 성지순례 전통도 이와 관계가 있다. 집을 나오면 끝없이 펼쳐진 길을 걸어야 했다. 그러나 우리는 집을 나오면 산으로 들어갔다. 산으로 들어가서 몸과 마음을 닦는다는 '입산수도'라는 말은 우리의 자연 환경에서 나온 것이다.

이런 환경 때문에 자연스럽게 우리는 산에 친숙해졌고 산은 우리 삶에 크고 깊은 그림자를 드리웠다. 산이 사람들에게 많은 것을 주었으니, 산에 대한 신앙이 생긴 것은 너무나 자연스러운 일이다. 옛 사람들은 산에는 산신이 산다고 생각했다. 산에 대한 신앙은 지금 거의 사라지고 없지만 절에 가면 만날 수 있다.

절에는 불교에 없는 것들이 더러 있다. 그 가운데 대표적인 것이 산신각山神閣이다. 산신각이란 산신을 모신 전각이겠는데, 불교에는 산신에 대한 믿음이 없기 때문이다. 그렇지만 산신각은 있다. 대개는 절

대흥사 산신각. 절 한구석이나 본당에서 멀리 떨어진 곳에 있는 산신각은 사람들에게 인기가 좋다. 산신각으로 난 길은 그래서 반질반질하다.

한구석이나 본당에서 멀리 떨어진 곳에 산신각이 있기 마련이다. 그런데 산신각은 사람들에게 인기가 좋다. 절의 한구석에 있는 산신각으로 난 길은 그래서 반질반질하다. 사람들의 발길이 분주한 까닭이다.

산신각의 탱화에는 대개 노인과 호랑이가 등장한다. 노인과 호랑이는 바로 산신을 상징한다. 왜 호랑이일까? 우리나라에 전해져오는 이야기 가운데 가장 많이 등장하는 동물은 단연 호랑이다. 그만큼 호

무량사의 김시습 영정(왼쪽)과 매월당시비(아래). 김시습은 유불선 모두에 뛰어났던 사람이다. 김시습은 부여의 무량사에서 세상을 떠났다.

랑이는 우리와 가깝다. 우리가 단군의 후손이라면 곰이 더 가까워야 할 텐데 말이다.

충청남도 부여에 있는 무량사에는 산신각 옆에 매월당 김시습의 영정을 모신 전각이 있다. 예전에는 김시습의 영정이 산신각에 모셔져 있었다. 김시습은 어찌 보면 유가儒家로 출발해서 중이 되었던, 그래서 학문적 정체성이 애매한 것처럼 보인다. 그러나 김시습은 오히려 유불선儒佛仙 모두 뛰어났던 사람이다. 김시습은 부여의 무량사에서 세상을 떠났다. 완전한 중이 아니었던 김시습은 그래서 죽은 다음 산신이 되어 산신각에 모셔졌던 모양이다. 무량사 초입에 다섯 살 때 이미 신동으로 소문이 자자하여 오세五歲라는 별명이 붙었던 김시습의 부도가 한 시대를 상징하듯 자리 잡고 있고, 절 한켠에 김시습 시비가 지나는 사람의 발길을 붙잡는다.

사실 산신각이 절에 있게 된 사연은 절이 기존의 전통신앙과 손을 잡으면서 생긴 현상이다. 절에 무슨 산신이냐고 말하는 사람들도 있지만 우리에게 숨겨진 비밀이 하나쯤 있듯이 절에 산신각 하나쯤 있어도 좋지 않을까?

사람이 되지 못한 호랑이

산신은 삼신과 관련이 깊다. 삼신이라 함은 환인, 환웅, 단군이 그들이다. 모두 익히 아는 단군신화에서 곰은 소원대로 사람이 되었다. 그것도 예쁜 여자로 변했다. 예쁜 여자가 된 곰은 자신을 사람으로 만들어 주었으니 이제 아이를 낳을 수 있게 해달라고 했다. 그러니까 책임을 지라고 졸라서 환웅은 손목도 잡아보지 못하고 웅녀와 결혼한 셈이다. 그리고 둘 사이에서 단군이 태어났다. 여기까지는 좋다.

정작 단군신화에서 궁금한 것은 호랑이다. 동굴에서 뛰쳐나간 호랑이의 뒷이야기는 어디에도 없다. 그렇다고 막연히 호랑이가 원래대로 짐승이 되어 산속을 어슬렁거리고 다니겠지 하고 생각하기에는 석연치 않은 부분이 많다. 원하는 것을 이루지 못했을 때 강한 미련이 남기 마련이기 때문이다.

먼저 곰에 대한 이야기가 우리 이야기 가운데 거의 없다는 사실에 주목해야 한다. 웅진, 그러니까 지금의 공주에 곰에 대한 이야기가 있지만 그 또한 중국의 설화를 많이 닮았다. 단적으로 말하면 단군신화 이래로 곰은 사라졌다. 그건 곰이 이미 사람이 되었기 때문일까? 그래서 미련이 사라져 더 이상 사람들의 기억 속에 남아 있지 않은 것일까?

그렇지 않다. 호랑이가 곰의 자리를 차지했다. 어느 사이엔가 곰은 사라지고 그 자리를 호랑이가 차지했다는 말이다. 원래는 곰의 이야기였던 것이 동굴에서 뛰쳐나간 호랑이가 완전히 전세를 뒤집었다. 호랑이는 우리 이야기에 '너무 자주'라는 표현을 쓸 수 있을 정도로 출연 빈도가 매우 높다. 거기에 사람이 되고 싶어 하거나 되려고 하는 호랑이는 또 얼마나 많은지……. 세계적인 행사였던 88올림픽에서 한국을 상징한 것도 호돌이, 그러니까 호랑이였다. 왜 곰이 아니고 호랑이인가?

옛 이야기 가운데 〈은혜 갚은 호랑이〉가 있다. 나무를 하러 산에 갔다가 호랑이를 만난 사람이 기지를 발휘해 "어머니에게 듣기를 어릴 때 산으로 들어가 호랑이가 된 형이 있다고 들었다"며 호랑이에게 "형님"이라 부르며 넙죽 절을 한다. 그 순간 자기가 사람인지 호랑이인지 정체성에 혼란이 온 호랑이는 자기가 사람이라고 생각하게 된다. 그때부터 어머니를 봉양하고 죽은 뒤에도 사람 행세를 한다. 이렇게 기회가 있으면 호랑이는 여전히 사람이 되고 싶은 것이다. 적어도 사람들은 그렇게 생각하고 있다는 말이다. 사람들은 단군신화 이래로 호랑이가 주위를 돌아다니며 사람이 되기 위해 애쓰고 있다고 생각했던 것이다.

그런데 우리는 산신각에서 무엇을 비는가? 아이를 낳게 해달라고? 인내심의 부족으로 사람이 되지 못한 호랑이 앞에서 아이를 낳게 해달라고 빈다. 사람이 되지 못한 호랑이에게 사람의 일을 빈다.

아마도 그건 호랑이가 하지 못했던 그것, 그러니까 사람이 되는 것에 대한 염원을 버릴 수 없었던 호랑이를 떠올리며, 사람들은 호랑이가 여전히 사람들의 일을 염탐하고 그래서 잘 알고 있다고 믿기 때문은 아닐까?

산악숭배 사상

산신은 원래 불교와 전혀 관계가 없는 이 땅의 토착신이다. 산신은 불교가 이 땅에 들어와 기존에 있던 신앙을 수용하면서 호법신상이 되었다가 원래의 성격을 불교 안에서 찾은 것이다. 대개 산신각은 절의 외진 곳에 있는데 부처 대신에 대개 호랑이와 노인의 모습을 그린 탱화가 그 자리를 차지하고 있다.

산신은 원래 불교와 전혀 관계가 없는 이 땅의 토착신이다. 불교가 기존의 토착신앙과 손을 잡으면서 칠성각, 산신각 등이 절에 자리 잡게 되었다.

무량사 산신각. 산신각은 산신을 모시는 공간으로 그 모태는 산악숭배 사상이다. 산신각은 절의 외진 곳에 있는데 부처 대신에 대개 호랑이와 노인의 모습을 그린 탱화가 그 자리를 차지하고 있다.

산신각은 여러 다른 이름을 갖고 있다. 독성각이나 삼성각 등이 그것이다. 독성獨聖이란 홀로 깨우침을 얻은 성인을 가리킨다. 독성은 그 기원을 인도에서 찾을 수 있지만 한국의 경우에는 산신이나 칠성의 경우처럼 단군신앙의 불교적 변이로 볼 수 있다. 삼성각은 말 그대로 세 성인을 모신 곳으로 세 성인은 산신, 칠성, 독성을 가리킨다.

산신각은 산신을 모시는 공간이다. 산신각의 모태는 산악숭배 사상이다. 산악숭배는 산악을 신성하게 생각하는 종교적 관념에서 비롯된 것이다. 산악이 종교적인 대상이 되는 것은 먼저 산을 우주의 중심으로 생각하기 때문이다. 산악이 우주의 중심이 된다는 우주산 개념은 산악이 하늘과 땅을 연결하는 통로의 구실을 한다는 생각에서 나왔다. 이런 생각은 단군신화에 나오는 태백산과 가락국의 시조 김수로가 하늘에서 내려왔다는 구지봉의 예에서도 볼 수 있다.

두 번째는 산악이 지역공동체나 국가를 보호한다는 진산鎭山의 생각이다. 대표적인 예는 신라의 '삼산오악三山五嶽'의 예에서 볼 수 있다. 왕은 직접 삼산오악을 찾아가 산제山祭를 지냈다. 신라는 삼산오악 외에도 명산을 골라서 산이 가지는 신앙적인 비중에 따라 대사大祀, 중사, 소사를 올렸다. 나력奈歷·골화骨火·혈례穴禮의 삼산에서는 대사를 지냈고, 토함산·지리산·계룡산·태백산·부악 등의 오악에서는 중사를 지냈으며, 상악霜岳·설악·화악·감악·부아산 등 24곳의 산에서는 소사를 올렸다. 신라 통일의 주축이 된 화랑들도 이처럼 명산을 찾아다니며 몸과 마음을 닦았다.

이 밖에도 도교와 불교의 영향으로 산악을 신선이 사는 곳 또는 보살이 나타난 곳으로 간주하기도 하였다.《삼국유사》권3 미륵선화조에는 "중이 가로되 이곳의 남쪽 이웃에는 선산仙山이 있어 예로부터 어질고 착한 이들이 많이 머물러 살고 또 그들의 숨은 힘이 나타나기도 하였다"라는 기록이 있다.

불교의 경우 보살이 산악에 나타났다는 생각은 본지수적설本地垂跡說이라고 하는데 그 예는 고려시대의 팔성당八聖堂을 중심으로 한 신앙을 들 수 있다. 특히 불교의 본지수적설은 불국토 사상의 핵심이 되기 때문에 신라로부터 고려로 이어진 호국사상과도 연관이 있다. 현재 이런 산악숭배의 생각은 주변국가에 비해 강하게 나타나고 있지는 않지만 아직도 그 영향은 남아 있다.

지장보살과 명부전

옛날에는 산에 산신이 살고 우리가 죽으면 산으로 가서 묻혔다. 지금도 우리는 본능적으로 산으로 가려고 한다. 묘지가 늘어나면서 납골당이나 나무 아래에 재를 뿌리는 수목장 등이 등장하지만 그곳 역시 대개는 산이다.

죽으면 가는 또 한 곳은 지하다. 중국 도교에서는 풍도현鄷都縣이라는 곳의 지하에 죽은 사람들의 세계가 있다고 한다. 먼 옛날 사람들은 죽으면 산으로 가서 산신을 만났지만 이 땅에 종교가 들어온 다음부터 시왕十王이 기다리고 있다. 죽기 전에 시왕들을 만나고 싶다면 절에 있는 명부전冥府殿이나 지장전으로 가면 된다. 지장보살이 가운데 있고 좌우에 열 명의 지하세계의 신들이 줄지어 있다. 그런데 명부전이 죽음과 연관이 된 탓인지 명부전의 주인인 지장보살은 나이 드신 분들에게 인기가 높다. 아무래도 이들에게 잘 보여야 좋은 곳으로 갈 테니까 말이다.

우리가 잘 아는 염라대왕은 시왕들 가운데 다섯 번째 왕이다. 염라대왕의 전생은 인도 신화에 나오는 야마Yama로, 인도를 떠나면서 지하세계를 대표하는 신이 되었다.

절에 가면 있는 산신각과 명부전은 죽음에 대한 생각이 어떻게 변해왔는지를 잘 대변해준다. 불교가 이 땅에 들어오기 전에는 죽으면 선악의 상관 없이 그저 뒷산으로 가서 묻히면 되었지만 한반도에 불교가 들어오고부터 죽은 뒤에 시왕 앞에서 심판을 받게 되었고 삶의 잘 잘못을 가리게 되었다. 과연 우리는 어디로 가야 하는가?

가볼 만한 산신각 / 명부전

어느 절이나 산신각과 명부전이 있다. 산신각은 독성각이나 삼성각이라는 다른 이름을 갖고 있기도 하다. 산신각은 대개 절 외곽의 비교적 구석진 곳에 자리 잡고 있다. 그러나 절에서 매우 인기가 많은 곳이기도 하다. 명부전은 지장전, 시왕전이라는 다른 이름이 있다. 명부전의 주인은 지장보살이다. 지장보살 옆에는 실수로 죽은 자의 세계에 다녀왔던 도명존자가 입시하고 있다. 그 좌우로 죽은 자의 세계를 다스리는 시왕들이 자리 잡고 있다. 시왕들은 각기 다른 모습을 하고 있는데 그것을 보는 것도 재미있는 일이다.

● 무량사 산신각
대개의 산신각에는 산신이 모셔져 있지만 무량사의 산신각에는 조선시대 최고의 학자로 꼽히는 김시습의 영정이 모셔져 있다. 김시습은 승려가 되기도 했는데 법명은 설잠雪岑이다.
소재지: 충청남도 부여군 외산면 무량로 203

● 봉원사 명부전
불교에 대한 비판으로 유명한 조선시대 초기의 학자 정도전이 쓴 명부전 현판이 남아 있다. 또한 영조가 쓴 봉원사라는 현판은 한국전쟁 때 소실되었다. 봉원사는 태고종의 본산이다.
소재지: 서울특별시 서대문구 봉원동 안산

권 력 의
뒤 켠 에 서
느 끼 는
편 안 함

죽은 자는 말이 없다고 하지만 무덤은 많은 이야기를 해준다. 특히 그것이 왕의 무덤일 경우는 더욱 그렇다. 왕릉에는 이른바 부장품이 있어서 그 시대의 문화를 엿볼 수 있다.

왕의 운명과 능

지금처럼 놀이시설이 없었던 어릴 때에 능陵으로 소풍을 간 적이 많았다. 너른 잔디밭과 숲이 있어서 하루 편안하게 놀기 좋았던 곳이다. 게다가 대개의 무덤이 그렇듯이 능 또한 양지바른 곳에 있어서 봄과 가을 소풍 장소로 안성맞춤이었던 듯하다. 그래서인지 무덤이나 능은 편안하고 넉넉한 곳이라는 이미지를 갖게 되었다. 그런데 언젠가 강원도 영월을 찾았다가 반드시 그렇지만은 않다는 것을 알았다.

영월은 언제 찾아도 좋은 곳이다. 그것은 영월이 다양한 얼굴을 갖고 있기 때문이다. 영월 주위로 동강이 흐르고 동강에서 가장 아름다운 어라연, 멋진 전망대 역할을 하는 선돌이 있고 고씨동굴, 김삿갓 계곡, 요선정, 별마로 천문대 등 헤아리기 힘들 정도로 가볼 곳이 많다.

그리고 영월에는 조선시대 비운의 왕이었던 단종에 대한 추억이 많은 곳이다. 그 대표적인 곳이 청령포와 단종의 무덤인 장릉이다. 청령포는 단종이 영월로 유배되어 지냈던 곳으로 작은 섬이다. 지금도 청령포에 가기 위해서는 잠깐이지만 배를 타야 한다. 당시에 영월도 먼 곳이지만 영월에서도 물로 에워싸인 청령포에 단종을 유배시킨 것이다.

그러나 단종 복위운동이 일어나자 세조는 조카인 단종을 죽이고 만다. 청령포에서 가까운 곳에 단종의 무덤인 장릉이 있다. 직접 장릉

영월장릉. 장릉은 더부살이라도 하듯 옆으로 난 샛길을 따라 올라가야 모습을 드러낸다. 그것은 죽음조차 떳떳하게 다룰 수 없었던 단종의 운명 때문이다. 이런 장릉의 사연 때문인지는 모르겠지만 가을 단풍이 들고 낙엽이 떨어질 때 장릉은 가장 아름답다.

에 가보면 다른 왕들의 무덤과 좀 다르다는 것을 느낄 수 있을 것이다.

대개 왕들의 무덤인 능은 능이 주인이다. 그 말은 능의 배치나 위용이 그렇다는 것이다. 그런데 장릉은 더부살이라도 하듯 옆으로 난 샛길을 따라 올라가야 모습을 드러낸다. 그것은 죽음조차 떳떳하게 다룰 수 없었던 단종의 운명 때문이다. 세조가 내린 사약을 마시고 죽은 단종의 시신을 아무도 거두지 못했다. 다만 영월의 엄흥도라는 사람이 몰래 시신을 수습해 지금의 장릉 자리에 말 그대로 매장했다. 훗날 단종이 복위되면서 장릉이라는 이름을 갖게 되었다. 이런 장릉의 사연 때문인지는 모르겠지만 가을 단풍이 들고 낙엽이 떨어질 때 장릉은 가장 아름답다. 핏빛 붉게 물든 단풍과 바람에 따라 뒹구는 낙엽은 쓸쓸함을 자아낸다.

단종보다 더 비참한 것은 연산군과 광해군이다. 연산군과 광해군의 무덤은 능이라 부르지도 않고 그냥 묘라고 부른다. 한때 왕좌에 있었던 사람의 무덤치고는 참으로 초라하기 짝이 없다. 특히 광해군의 묘는 음지에 세워져 있고 사람들이 찾기 힘든 곳에 있다. 거기에 문까지 쇠사슬로 막아놓았다. 광해군은 지금까지도 역사의 쇠사슬에 묶여 있는 셈이다.

박혁거세의 무덤

경주에는 그 유례를 찾아보기 힘든 특이한 무덤이 하나 있다. 바로 사릉 또는 오릉이라고 불리는 신라의 첫 번째 왕인 박혁거세의 능이다. 특이하다 함은 한 사람의 몸으로 여러 개의 무덤을 만들었기 때문이다. 혹시 몸이 나뉘는 비극적인 일이 있어도 하나로 수습해서 무덤을 만드는 것이 일반적인데, 박혁거세는 다섯 개의 무덤에 몸이 나뉘어 묻혔다. 사연은 이렇다.

모두 아는 것처럼 박혁거세는 알에서 태어났다. 역시 알에서 태어난 알영과 결혼해서 오랫동안 신라를 다스렸다. 기록에 전하는 박혁거세의 치세는 매우 훌륭했다. 심지어 낙랑의 군대가 침입했다가 신라의 풍속에 감탄해 그대로 물러가기도 했다는 좀 믿기 어려운 고사가 전해진다. 그런데 재위 61년째가 되는 해 하늘로 올라갔던 박혁거세는 다시 돌아오지 못했다. 아니, 돌아왔지만 다섯 조각난 시체가 하늘에서 떨어져 내렸을 뿐이다.

전하는 말에 따르면 박혁거세에게는 총애하는 궁녀가 있었다. 하루는 그 궁녀가 박혁거세에게 하늘 구경을 하고 싶다고 졸랐다. 박혁거세가 나라를 다스릴 때 중요한 일이 있으면 하늘로 올라가 지시를 받는다는 걸 궁녀가 알았던 것이다. 박혁거세는 매정할 정도로 차갑게 거절했다. 땅에 사는 부정한 존재가 하늘로 올라갈 수 없다는 게 그 이유였다.

이쯤에서 그리스 신화의 세멜레가 생각난다. 밤마다 제우스가 자기 방에 찾아온다는 세멜레의 말을 듣고 유모는 제우스를 실제로 본 적이 있냐고 묻는다. 그리고 제우스의 진짜 몸을 한번 보라고 꼬드긴다. 유모의 꼬드김에 넘어간 세멜레는 제우스에게 몸을 보여 달라고 조르고 이미 무슨 약속이든 들어준다고 약속한 제우스는 어쩔 수 없이 자기 몸을 드러낸다. 제우스의 몸에서 광채가 뿜어져 나왔고 세멜레는 그 자리에서 재가 되고 만다.

박혁거세가 총애한 궁녀는 스스로 호기심을 충족시키려고 했다. 궁녀는 파리로 변신해서 박혁거세가 하늘로 올라갈 때 타고 가는 천마의 귓속에 숨었다. 하늘로 올라간 박혁거세는 날벼락을 맞았다. 하늘 신이 내린 분노의 날벼락이었다. 부정한 존재를 하늘로 데리고 왔다는 것이 그 이유였다. 부정한 존재란 바로 박혁거세가 총애하던 궁녀였 다. 하늘신이 박혁거세에게 내린 벌은 영혼은 하늘에 두고 육체만 지 상으로 내려가라는 것이었다. 그건 죽음에 다름 아니다. 영혼이 없는 육체가 어떻게 살겠는가?

한편 왕이 하늘로 올라간 지 얼마 지나지 않아 신라의 하늘은 어 두워졌다. 갑자기 우레와 천둥이 치고 굵은 비가 쏟아지기 시작했다. 사람들은 두려움에 떨었다. 그리고 갑자기 하늘이 조용해지면서 굉음 과 함께 하늘에서 큰 덩어리가 떨어졌다. 사람들이 가까이 다가가 보 니 그건 바로 다섯으로 토막이 난 왕의 시체였다. 그리고 얼마 후에 알 영 왕후도 세상을 떠났다.

사람들은 존경하던 왕과 왕후를 추모하며 둘을 합장할 큰 능을 만 들기로 했다. 그러나 일을 하려고 하면 어디선가 큰 뱀 떼가 나타나 일 을 방해했다. 뱀들의 방해로 어쩔 수 없이 다섯 개의 무덤을 만들어야 했다. 그래서 오릉 또는 뱀을 뜻하는 사릉이라고 부른다. 따로 전하는 말에 따르면 박혁거세, 알영, 유리왕, 파사니사금, 남해왕 등 다섯 사 람의 무덤이라고 하기도 한다. 이들은 모두 박씨이며 이후 석씨가 왕 이 되었다가 최종적으로는 김씨가 신라의 왕족이 되었다.

능, 원, 묘, 총, 분

능은 왕이나 왕후의 무덤을 가리키는 말이다. 물론 훗날 왕이나 왕후로 추존된 사람들의 무덤도 능이라고 부른다. 왕세자나 왕세자비, 왕세손과 왕세손비, 왕후가 아닌 왕의 생모인 빈, 왕위에 오르지 못한 왕의 부모 무덤은 원園이라고 부른다.

임진왜란 당시 왕위에 있었던 선조의 아버지는 덕흥대원군으로 그 무덤이 수락산 자락에 있다. 덕흥대원군은 선조 이전 대의 왕인 명종보다 일찍 죽었기 때문에 아들이 왕이 되는 것을 보지 못하고 죽었다. 명종이 아들 없이 승하하자 선조가 뒤를 이어 왕위에 올랐다. 따라서 덕흥대원군이라는 이름도 훗날 내려진 것이다. 그래서 덕흥대원군의 무덤은 그냥 덕흥대원군묘라고 불렸다. 만약 선조가 왕위에 있을 때 죽었다면 원이 되었을 것이다. 그런데 지금 덕흥대원군묘를 덕릉이라 부른다. 거기에는 이런 사연이 있다.

선조는 아버지의 무덤이 묘라 불리는 것이 안타까웠다. 그래서 어명을 내리기를 나무 도매상에게 나무꾼이 덕릉에서 왔다고 말하면 후한 값을 주고, 덕흥대원군묘에서 왔다고 하면 사지 말라고 했다. 나무꾼이야 이름 하나 바꿔 부르면 돈을 버는데 마다할 이유가 없었고 그 이후 자연스럽게 덕릉이라 불리게 되었다고 한다.

그리고 기타 빈이나 왕자, 옹주, 공주 등의 무덤은 묘墓라고 부른다. 물론 일반 사람들의 무덤도 묘라고 부른다. 앞에서 본 대로 광해군과 연산군의 무덤은 능도 아니고 원도 아닌 묘이다.

그런데 옛 왕의 무덤인 것으로 보이지만 주인을 알 수 없는 경우에는 총塚이라고 부른다. 크기가 보통 무덤과 달리 크지만 누구의 무덤인지 알 수 없을 때 그러하다. 이럴 때 발굴된 대표적인 유물 등의 이름을 따서 무덤의 이름을 붙인다. 예를 들어 경주에 있는 천마총은 천마의 그림에서 그 이름이 유래했다. 그 밖에 금관총이나 무용총 등의 이름을 들어보았을 것이다. 물론 과거의 무덤이라고 해서 모두 총이 되는 것은 아니다. 백제의 무령왕처럼 무덤의 주인이 밝혀졌을 때는 무령왕릉이 된다.

또한 분墳이라는 게 있는데 분은 무덤 주인도 모르고 능처럼 크지 않은 귀족과 같은 힘을 가졌을 사람으로 추정되는 무덤이다. 그러니까 주인을 알 수 없는 무덤을 분이라고 부른다.

왕릉의 부장품과 시대문화

사람은 누구나 태어나서 죽는다. 죽음 앞에서는 권력이나 재물도 필요 없는 절대 평등이 이루어진다고 하지만 무덤을 보면 반드시 그렇지만은 않다는 생각이 든다. 죽음이야 말이 우습더라도 평등하겠지만, 죽은 후의 모습은 여전히 세상에서 지녔던 권력과 재물의 흔적이 남기 때문이다. 이집트의 피라미드며 진시황의 왕릉처럼 역사에 남는 거대한 건축물도 있고 길가에 그저 버려진 듯한 무덤도 있으니 말이다.

죽은 자는 말이 없다고 하지만 무덤은 많은 이야기를 해준다. 특히 그것이 왕들의 무덤일 경우는 더욱 그렇다. 왕릉에는 이른바 부장품이라는 것이 있어서 그 시대의 문화를 엿볼 수 있다.

이를테면 고구려의 능에서 출토된 관冠은 봉황이나 구름, 태양을 상징하는 삼족오가 장식되어 있고, 백제의 경우 왕은 불꽃무늬, 왕비의 경우는 인동당초무늬로 구성되어 있다. 신라의 그것은 사슴뿔 장식이 있어 시베리아 샤먼이 쓰는 관과 비슷하다. 가야의 것은 신라의 것과 비슷하지만 새 깃 모양이 특징이다. 이렇게 왕릉에서 출토된 관의 모습에 따라 가야와 삼국의 세계관을 슬쩍 엿볼 수도 있다. 이 정도의 흔적만으로도 많은 것을 알아낼 수 있는 것이다. 호랑이는 죽어서 가죽을 남기고 사람은 죽어서 이름을 남긴다고 했다. 왕들은 죽은 뒤 무덤 속에서 이름과 더불어 그 시대의 문화를 남기는 셈이다.

능은 최고의 명당에 자리하고 있다. 물론 광해군의 묘는 명당은 고사하고 묘를 쓸 때 꺼리는 북향이다. 그러나 이런 특별한 사연을 가진 왕을 제외하고는 좋은 자리를 찾아서 묘를 쓰기 때문에 능을 찾으면 늘 편안하고 좋은 느낌을 얻을 수 있다. 그래서 마음이 울적하거나 축 늘어질 때 능을 찾아가면 좋다. 햇볕이 잘 들고 푸른색으로 단장된

능들을 보고 있으면 마음이 탁 트이고 새싹처럼 기운이 솟는 것을 느낄 수 있을 것이다.

능을 찾으면 늘 드는 생각이지만 죽음은 참으로 편안한 것일지도 모른다. 능이 보여주는 그런 편안함처럼 말이다.

가볼 만한 능

능은 넓고 푸른 잔디로 조성되어 있어 가족들과 소풍을 가거나 편안하게 산책하기 좋은 곳이다.

● 경주 지역

경주는 많은 왕릉을 품고 있는 곳이다. 경주의 무덤은 크게 일곱 지역으로 구분할 수 있다. 미추왕릉, 황남리 고분들, 노서리 고분들, 오릉, 동부사적지대, 노동리 고분들, 재매정 등이 그것이다. 이 가운데 가장 대표적인 것이 황남리 고분들로 대릉원이라고 부른다. 대릉원은 세계문화유산으로 등록되어 있다. 신라시대의 왕과 왕비, 귀족 등 모두 23기의 무덤이 모여 있는 곳이다. 대릉원이라는 말은 《삼국사기》에 "미추왕을 대릉에 모셨다"는 데에서 유래했다.

경주의 대릉원

● 경순왕릉

신라의 마지막 왕인 경순왕의 왕릉. 나라의 멸망을 지켜보아야 했던 슬픔도 슬픔이지만 죽어서도 조상들 곁인 경주에 묻히지 못했다.

소재지: 경기도 연천군 장남면 장남로 288

● 서울과 수도권 지역

현재 조선시대의 왕릉들이 많이 남아 있다. 왕릉은 원래 서울에서 100리 이내에 조성하도록
되어 있다. 그래서 몇몇 예외를 빼고 모두 서울과 수도권에 모여 있다. 대표적인 것이 경기도
고양시 덕양구에 있는 서오릉이다. 말 그대로 다섯 개의 능이 모여 있다. 조선시대의 왕릉은
모두 40기이다.

● 영월 장릉

영월로 유배를 갔던 단종을 모신 왕릉. 부근에 단종과 관련된 유적이 많다. 특히 가을이면 핏
빛 단풍이 예쁘다.

소재지: 강원도 영월군 영월읍 단종로 190(영흥리)

하 늘 을
향 한
간 절 한
기 원

탑

고대세계의 하늘에 대한 신앙을 개입시키지 않고서는 탑을 이해하기 어렵다. 한반도에 있는 탑들은 높지 않다. 탑을 볼 때마다 간절한 기원을 꾹꾹 담아서 하늘을 찌르지 않을 정도로 세운 것이 아닐까.

하늘과 탑

매일 밤 달이 떠도 사람들은 밤하늘을 밝히는 달을 보지 않는다. 달을 본다 해도 별 생각 없이 바라볼 뿐이다. 김소월은 〈예전에 미처 몰랐어요〉라는 시에서 달이 얼마나 아름다운지 예전에 알지 못했다고 고백한다. 그것이 어디 달뿐일까? 우리는 하늘을 잊고 산다. 물론 꼭 기억해야 할 일이 있는 것도 아니다. 사람들에게 하늘은 아주 먼 곳이 되었다.

그리스어로 인류를 뜻하는 '안트로포스anthropos'는 '하늘을 올려 보는 존재'라는 말에서 유래했다. 그러니까 인간이 동물과 다른 점은 하늘을 올려보고 신과 같은 하늘의 존재를 생각할 수 있는 힘에 있음을 암시하고 있는 것이다.

그런데 저절로 하늘을 보아야 할 때가 있다. 그 가운데 하나가 탑을 볼 때이다. 이때, 증명사진을 찍기 위해 사진관에 가면 배경이 필요한 것처럼 하늘은 팔을 넓게 벌리고 탑을 도드라지게 보여준다. 탑이 아름다운 것은 어쩌면 하늘 때문일지도 모른다.

흔히 전라남도 화순의 운주사를 천불천탑千佛千塔, 그러니까 천 개의 불상과 천 개의 탑이 있는 절이라고 부른다. 그만큼 불상과 탑이 많다는 말이다. 노천에 널브러져 있다고 할 정도로 많은 불상과 탑이 있어서 질리도록 그것들을 볼 수 있는 곳이 운주사이다. 또한 이런 이유로 운주사는 하늘이 맑은 날 찾는 게 좋다.

운주사는 신비로운 절이다. 피라미드를 어떻게 세웠고 스톤헨지를 누가 세웠는지 모르는 것처럼 누가 왜 그 운주사의 수많은 불상과 탑을 만들었는지 모른다. 다만 누워 있는 불상이 일어나는 날 새로운 세상이 올 것이라는 예언이 있는 것으로 보아 새로운 세상을 바라는 사람들이 불상과 탑을 세웠으리라고 추측할 수 있을 뿐이다. 간절한 기원이 담겨 있는 만큼 운주사의 불상과 탑은 아름답다.

탑은 하늘에 대한 신앙의 상징이다. 불교에서 탑은 부처의 진신사리眞身舍利를 모시기 위해 세워졌지만 그것만으로는 탑이 설명되지 않는다. 고대세계의 하늘에 대한 신앙을 개입시키지 않고서는 탑을 이해하기 어렵다. 작은 기원을 담은 것이 서낭당이라면 간절한 기원을 담아 세운 것이 탑이 아닐까 생각한다. 그래서 한반도에 있는 탑들은 높

화순 운주사. 운주사는 신비로운 절이다. 누가 왜 그 운주사의 수많은 불상과 탑을 만들었는지 모른다. 다만 누워 있는 불상이 일어나는 날 새로운 세상이 올 것이라는 예언이 있는 것으로 보아 새로운 세상을 바라는 사람들이 불상과 탑을 세웠으리라고 추측할 수 있을 뿐이다.

지 않다. 탑을 볼 때마다 간절한 기원을 꾹꾹 담아서 하늘을 찌르지 않을 정도로 세우지 않았을까 하는 생각이 든다. 이런 면에서 하늘로 오르기 위해 세운 《성서》의 바벨탑과는 전혀 다르다.

절에서 탑은 중심부에 있다. 사원 건축의 아름다움 가운데 하나가 가장 중요한 건물이 중심에 있지 않다는 점이다. 건물들, 그러니까 부처를 모신 법당들을 한켠으로 물리고 그 자리에 탑을 세워놓았다. 그렇게 함으로써 절은 위압적이지 않고 편안한 느낌을 준다. 서양의 사원이 주는 웅장함은 없는 대신 내밀하고 끝없는 신에 대한 믿음을 얻었다. 신앙이라는 것이 어디 강제해서 될 일이 아니지 않은가?

김현과 호랑이 처녀의 탑돌이

《삼국유사》에 보면 "신라 풍속에 매년 2월이 되면 초여드렛날부터 보름날까지 서울에 사는 남녀들이 경쟁적으로 흥륜사의 전각과 탑돌이를 해서 복을 기원한다"는 말이 나온다. 흥륜사는 신라에 처음 지어진 절이다.

하루는 김현이라는 화랑이 밤늦도록 혼자 쉬지 않고 탑을 돌았다. 그런데 어디서 나타났는지 한 처녀가 염불을 하면서 탑을 돌기 시작했다. 탑이 넓은 것도 아니어서 김현과 처녀는 계속 마주쳤다. 그러던 중

서로의 감정이 통했고 김현과 처녀는 탑돌이가 끝나자 인근의 으슥한 곳으로 가서 남녀의 정을 통했다.

그러고 나서 처녀가 돌아가려 하자 김현은 뒤를 따라갔다. 처녀는 거절했으나 김현은 우겨서 계속 따라갔다. 어쩌면 김현은 그날 탑돌이를 하면서 결혼을 빌었을지도 모르겠다. 처녀는 인연이 끝났다고 했지만 김현은 그 인연을 잇고 싶어 했으니까.

서산 기슭에 처녀의 집이 있었다. 처녀의 어머니는 전후 이야기를 듣고 한숨을 내쉬면서 좋은 일이기는 하지만 없던 것만 못하다며 김현을 숨겨주었다. 처녀의 오라버니들이 사납다는 게 이유였다.

얼마 지나지 않아 호랑이 세 마리가 나타나 사람 냄새가 난다며 숨겨둔 사람을 내놓으라고 으르렁거렸다. 그때 하늘에서 "너희들이 생명을 많이 해쳤으니 하나를 죽여 징계하겠다"라는 소리가 들려왔다. 처녀의 오빠들이 두려움에 떨자 처녀는 자기가 희생을 하겠다며 오빠들에게 멀리 도망가라고 일렀다.

처녀는 그제야 김현에게 자기가 사람이 아니라 호랑이라는 것과 어차피 죽을 목숨이라면 하룻밤의 연정이라고는 하나 그 정이 깊은 김현의 손에 죽겠다고 했다. 호랑이 처녀는 다음날 자기가 도성에 나타나 소란을 떨다가 북쪽 숲에서 기다리겠다고 말했다. 김현은 처녀의 목숨을 팔아 출세할 생각이 없다고 했지만 처녀는 어차피 죽을 목숨이니 자기가 죽거든 절을 하나 세워 달라고 오히려 그를 달래며 부탁했다.

다음날 도성에 사나운 호랑이 한 마리가 나타나 사람들을 닥치는 대로 물었다. 왕은 호랑이를 잡는 사람에게 벼슬을 내리겠다고 선포했다. 김현은 약속대로 북쪽 숲으로 갔다. 호랑이 처녀는 흥륜사의 간장을 바르고 나팔 소리를 들으면 자기에게 물린 사람을 치료할 수 있다는 말을 남기고 주저하는 김현을 대신해 스스로 칼을 찔러 목숨을 끊었다.

김현은 호랑이를 잡은 공적으로 벼슬을 얻었고 약속한 대로 절을 짓고 호원사虎願寺라는 이름을 붙였다.

목탑이 사라진 이유

탑이라는 말은 산스크리트어인 스투파stupa에서 유래했다. 처음에 탑을 세운 것은 석가모니의 사리를 봉안하고 그것을 바깥에서 보호하기 위해 흙과 돌로 쌓은 건축물 또는 묘의 의미를 갖고 있었다. 실제로 티베트에서는 종교 서열 1, 2위인 달라이 라마와 판첸 라마는 탑장塔葬을 한다.

원래 탑은 불교가 세상에 나타나기 전부터 인도 사회에 존재하던 것이었다. 기원전 5세기에 부처가 세상을 떠나자 분묘를 만들었고 그를 본떠 불교에서 탑을 만들기 시작한 것이 불교의 탑이다. 부처는 사라쌍수(沙羅雙樹) 아래에서 입적했다. 부처가 입적한 뒤 화장을 하자 많은 사리가 나왔다. 인도의 여덟 나라가 부처의 사리를 서로 차지하기 위해 다투기 시작했다. 결국 사리를 여덟로 나누어 골고루 나누어 가졌다.

그로부터 100년 후 인도에 아소카 왕이 출현했다. 아소카 왕은 불교의 중흥과 전파에 힘쓴 왕이다. 그는 여덟로 나뉜 사리를 한 곳에 모아 8만 4천 개로 나누고 전국에 사리탑을 세웠다. 본격적인 불탑의 시대가 열린 것이다.

탑의 기원을 생각하면 절에 있는 탑을 다른 탑과 구별하기 위해서는 탑파 또는 불탑이라고 불러야 하지만 오히려 탑이라고 하면 불교의 불탑을 뜻하는 말이 되고 말았다.

탑은 재료에 따라 나무로 만든 목조탑, 벽돌로 만든 전탑, 돌을 벽돌 모양으로 다듬어서 만든 모전석탑, 돌로 만든 석탑, 청동으로 만든 청동탑 등으로 나눌 수 있다. 처음 세상에 모습을 드러낸 탑은 목탑일 것으로 추정한다. 그러나 보존이 어려운 탓에 고대에 만들어진 목탑이 지금껏 전해지는 것은 없다. 우리나라의 경우, 전라남도 화순에 있는 쌍봉사 대웅전(보물 제163호)이 유일한 목조 삼층탑의 원형을 보여준다. 그러나 지금 있는 것은 화재 이후 새로 복구한 것이다.

전탑은 벽돌을 만드는 공정이 쉽지 않아서 전국으로 확산되지 않고 일부 지역에서만 건립되었다. 전탑은 벽돌로 쌓은 탑인 탓에 매우 색다른 느낌을 준다. 현재 남아 있는 전탑은 경상북도 안동 신세동 칠층전탑(국보 제16호), 안동 동부동 오층전탑(보물 제56호), 안동 조탑동 오층전탑(보물 제57호), 칠곡 송림사松林寺 오층전탑(보물 제189호), 여주 신륵사 다층전탑(보물 제226호) 등이다.

모전석탑 역시 작업이 어려워 크게 유행하지 않았다. 신라 때 건축된 경주 분황사芬皇寺 모전석탑(국보 제30호)이 유명하고 고려시대의 것으

전라남도 화순군에 있는 쌍봉사 대웅전(보물 제163호)이 유일한 목조 삼층탑의 원형을 보여준다. 그러나 지금 있는 것은 화재 이후 새로 복구한 것이다. (왼쪽)
신라 때 건축된 경주 분황사芬皇寺 모전석탑(국보 제30호). (오른쪽)

부석사 삼층석탑. 무량수전의 오른쪽에 위치해 있으며, 보물 제249호로 지정돼 있다. 보통의 석탑은 불당의 앞에 위치해 있는데, 특이하게도 부석사 삼층석탑은 절의 뒤편에 있다.

로는 충청북도 제천 장락리 칠층모전석탑(보물 제459호)이 남아 있다.

현재 우리나라에 남아 있는 대부분의 탑은 돌로 만든 석탑이다. 중국에는 전탑이 많고 일본에 목탑이 많은 것에 비해 한국에 석탑이 많은 것은 환경의 차이에서 기인한다. 우리가 살고 있는 이 땅에 화강암이 풍부하기 때문이다.

그러나 단지 그 이유만은 아니다. 고려시대에 몽골 침입으로 신라의 삼대 보물 가운데 하나로 꼽히던 황룡사 구층목탑이 불타고 말았다. 《삼국유사》에 보면 고구려가 신라를 침입하려다가 신라의 삼대 보물 때문에 단념하는 이야기가 나온다. 그만큼 훌륭했던 탑이지만 전란과 불 앞에서는 힘을 쓰지 못했다. 역사에서 많은 전란을 겪은 것도 이 땅에 목탑이 사라진 이유 가운데 하나이다. 석탑의 뒷면에는 이런 역사적 사실이 그림자처럼 드리워져 있다.

정화수와 탑

옛 사람들은 무엇인가 원하는 것이 있으면 치성을 드렸다. 《춘향전》에서 이도령이 과거에 급제하여 암행어사가 되어 남원골로 몰래 내려오다가 춘향의 집을 지나게 되었는데 춘향의 어머니인 월매가 정화수를 놓고 사위가 과거에 급제하게 해달라고 비는 장면을 본다. 그때 이도령은 자기의 과거 급제가 저 혼자만의 힘이 아닌 월매의 덕이었음을 깨닫는다.

옛 사람들이 치성을 올릴 때 흔히 정화수가 등장한다. 새벽에 아무도 다녀가지 않은 샘에서 길은 물이 정화수이다. 물도 물이지만 정성이 세상을 움직인다는 생각이 든다. 무엇을 하듯 정화수를 긷듯, 정화수에 두 손을 모으고 빌듯 하면 이루지 못할 것이 있을까? 정화수를 앞에 두고 두 손을 모은 장면은 한국 사람이 가진 가장 아름다운 장면이 아닐까 생각한다.

그에 뒤지지 않는 것이 새벽녘, 하늘이 부옇게 밝아올 때 하늘을 향해 우뚝 솟은 탑 아래 두 손을 모으고 무엇인가 간구하는 모습이다. 많은 사람들은 밀레의 〈만종〉을 보며 감동을 느낀다고 한다. 석양이 하늘을 물들일 때 교회에서 들려오는 종소리를 들으며 잠시 일을 멈추고 기도를 올리는 모습은 가히 감동적이다. 그에 뒤지지 않는, 아니 한국인의 심성으로 볼 때 더 아름답고 감동적인 것은 정화수나 하늘로 우뚝 솟은 탑 앞에서 기도를 하는 모습이다.

정말 간절하게 원하는 일이 있다면 새벽에 절을 찾아가 탑 앞에 서보라. 새벽빛이 밝혀놓은 아름다운 길을 걷다보면 문득 절에 이르고 탑이 보일 것이다. 거기서 가만히 두 손을 모으고 진정으로 원하는 것을 빌어보라. 그리고 그 마음을 잃지 않는다면 원하는 일은 반드시 이루어질 것이다.

가볼 만한 탑

● 경주 지역

경주는 천년 옛 도시이며 불교가 흥성했기 때문에 많은 국보급 탑이 남아 있다. 불국사 삼층석탑
(국보 제21호), 분황사 석탑(국보 제30호), 구황리 삼층석탑(국보 제37호), 고선사지 삼층석탑(국
보 제38호), 월성 나원리 오층석탑(국보 제39호), 정혜사지 십삼층석탑(국보 제40호), 감은사지
삼층석탑(국보 제112호) 등이 그것이다.

감은사지 삼층석탑

● 경복궁

조선시대의 궁궐이었던 경복궁에는 많은 국보급 문화재들이 즐비하다. 그 가운데 탑은 고려 말기
의 경천사 십층석탑(국보 제86호), 신라시대의 것인 갈항사 삼층석탑이 있다. 경천사지 십층석탑
은 일본으로 유출되었다가 돌아왔다. 그리고 경복궁 안에 재건하였다가 현재 국립중앙박물관에
옮겨져 있다. 갈항사 삼층석탑은 탑을 조성한 유래와 연대가 밝혀져 있으며 이두가 사용되어 역사
적 가치가 매우 높다.

● 화엄사 사사자 삼층석탑(국보 제35호)

신라시대의 탑으로 추정되며 네 마리의 사자가 탑을 받치고 있다.

소재지: 전라남도 구례군 마산면 화엄사로 539 화엄사

● 월정사 팔각구층석탑(국보 제48호)

고려시대 초기의 탑으로 추정된다. 해체와 수리 과정에서 사리가 발견되었다. 높이가 높아서 독특
한 느낌을 준다.

소재지: 강원도 평창군 진부면 오대산로 374-8

월정사 팔각구층석탑

● 의성 탑리 오층석탑(국보 제77호)

신라시대의 탑으로 전탑과 목탑의 양식을 보인다. 이런 이유로 석탑이 세워지기 전에 목탑과 전탑이 세워졌을 것으로 추정하기도 한다.

소재지: 경상북도 의성군 금성면 오층석탑길 5-3

● 봉감 모전오층석탑(국보 제187호)

신라시대의 것으로 추정된다. 수성암을 벽돌 모양으로 깎아 쌓아올린 석탑이다.

소재지: 경상북도 영양군 입암면 산해리 391-6

새　로　운

시　작　이

있　는　곳

부도

부도는 죽음을 기리는 상징물이다. 그러나 죽음은 끝을 의미하지 않는다. 사람은 살아 있을 때가 아니라 죽고서야 비로소 바른 평가를 내릴 수 있다. 이런 면에서 부도는 한 승려의 새로운 시작이기도 하다.

승려들의 무덤, 부도

햇살이 밝은 날 푸른 풀밭 위에 놓여 있는 부도浮屠를 보고 있으면 한가롭고 편안함이 가는 바람처럼 흘러든다. 고인돌이 고대 족장의 무덤이고 능이 왕족의 무덤이라면 묘墓는 보통 사람들의 무덤을 가리킨다. 그리고 부도는 불교의 사제인 승려들의 무덤이다. 따라서 다른 일반적인 무덤들이 그러하듯 부도는 절에서도 볕이 잘 드는 곳에 위치하고 있다.

좀 과장해서 말하면 절을 볼 때 일주문을 지나 본당에 이르는 길과 부도만 보아도 절을 다 보았다고 할 정도이다. 비유해서 말하면 일주문을 들어서서 절로 가는 것이 시작을 뜻한다면 부도는 끝을 뜻한다. 물론 끝은 새로운 시작을 배태하고 있다.

불교 승려들의 죽음은 좀 독특하다. 특히 이름이 높았던 고승이라면 더욱 그렇다. 고승 가운데 치매로 고생하다가 죽었다는 말을 들어본 적이 없다. 사실 고승이 치매를 비롯한 병에 걸려 주위 사람들에게 폐를 끼친다는 것은 어딘가 어색하다. 그래서인지 고승들의 죽음은 거의 신비에 가깝다. 대개 자신의 죽음을 예감하고 주위를 정리한 뒤 떠나는 것이 일반적이다.

전라남도 화순에 있는 쌍봉사는 아름다운 절이다. 예전이라면 걸어가야 하는 길이 이제는 포장이 되어 차로 단번에 절 앞까지 간다는 점이 마음에 걸리기는 하지만 둥글게 둘러친 예쁜 담이 그 마음을 달래주고 담 너머로 보이는 기묘한 전각이 묘한 기대감을 불러일으킨다. 그리고 절에 들어서면 너른 풀밭 위에 우뚝 서 있는 대웅전의 모습이 이국적인 느낌마저 안겨준다. 바로 담 밖에서 보았던 기묘한 전각의 주인이다. 쌍봉사의 대웅전은 우리나라 목탑의 원형을 보여주는 독특한 건물이다. 1984년에 일어난 화재로 원래의 것은 재가 되었고 지금의 것은 새로 복원한 것이다.

쌍봉사 대웅전. 쌍봉사는 아름다운 절이다. 절에 들어서면 너른 풀밭 위에 우뚝 서 있는 대웅전의 모습은 이국적인 느낌마저 안겨준다. 쌍봉사의 대웅전은 우리나라 목탑의 원형을 보여주는 독특한 건물이다.

쌍봉사는 대웅전만 아름다운 것이 아니다. 대웅전 옆으로 난 길을 따라 절 뒤로 올라가면 우리나라에서 가장 아름다운 부도로 꼽히는 철감선사 부도가 있다. 당나라에서 유학한 철감선사는 금강산에 머물다가 쌍봉사로 내려와 많은 제자들을 길렀다. 그의 영향을 받은 징효가 신라 선종의 구산선문九山禪門의 하나인 사자산문師子山門을 열었다.

철감선사 부도는 신라 경문왕 때 건립된 것으로 추정되는데 당시

쌍봉사 철감선사 부도. 우리나라에서 가장 아름다운 부도로 꼽히는 철감선사 부도는 신라 경문왕 때 건립된 것으로 추정된다. 하단에 여덟 마리의 사자가 새겨져 있고 몸통에는 사천왕상과 불경에 나오는 상상의 새인 가릉빈가도 새겨져 있다.

부도 양식의 전형을 잘 보여준다. 부도의 장식은 매우 화려하고 보는 사람에게 강한 흥미를 던져준다. 먼저 하단에 여덟 마리의 사자가 새겨져 있다. 엎드려 있는 사자, 고개를 돌리고 뒤를 돌아보고 있는 사자, 뒷발을 물고 있는 사자 등 자세도 다양하다. 왜 여러 자세를 취하고 있는 사자의 모습을 하였는지 아직도 수수께끼이다. 다만 부처의 설법을 사자후라는 말로 표현하는 것처럼 사자가 불교에서 진리 또는 부처를 상징한다는 점은 지적할 수 있다. 몸통에는 사천왕상이 새겨져 있고 불경에 나오는 상상의 새인 가릉빈가도 새겨져 있다.

수풀 우거진 한적한 곳에서 곰곰이 선사의 부도를 보고 있노라면 불교의 상상세계가 눈앞에 펼쳐지는 듯하다. 새끼 사자들이 풀밭에서 장난을 치고 하늘에 가릉빈가가 날아다니는 쌍봉사의 하늘이 아름답다.

유불선의 대가 김시습

조선시대 초기의 학자이자 문인인 매월당 김시습은 유학·불교·선가仙家에 모두 뛰어났던 사람이다. 김시습은 '오세五歲'라는 별명이 붙을 정도로 어릴 때부터 신동이었다. 오세라는 별명이 붙게 된 것은 이런 일화 때문이다.

세 살 때 보리를 맷돌로 가는 모습을 보고 "비는 오지 않는데 어디서 천둥소리가 들리는가, 누른 구름 조각조각 사방으로 흩어지네無雨雷聲何處動 黃雲片片四方分"라는 시를 지었다. 이 이야기는 당시 지식인들 사이에 널리 퍼졌고 마침내 그 이야기를 들은 당시의 왕 세종이 김시습을 불렀다.

김시습은 세종 앞에서도 천재성을 유감없이 발휘했고 세종은 그에게 상으로 비단을 주었다. 비단을 내준 것은 세종의 마지막 시험이었다. 다섯 살짜리 꼬마가 어떻게 무거운 비단을 갖고 가는지 보려는 의도가 숨겨져 있었다. 김시습은 아무렇지 않게 비단 한쪽을 풀어서 자기 몸에 감았다. 그리고 집을 향해 걸어갔다. 세종을 비롯한 여러 신하들은 무릎을 탁 칠 수밖에 없었다. 이렇게 해서 김시습은 '오세'라는 별명이 붙었다.

그러나 앞날이 창창할 듯했던 김시습은 날벼락을 맞았다. 아니 스스로 날벼락 속으로 뛰어 들어갔다고 할 수 있다. 세종의 아들 문종이 일찍 세상을 떠나고 어린 단종이 왕위에 오르자 잘 알다시피 세조가 단종을 몰아내고 왕이 되었다. 삼각산 중흥사라는 절에서 공부를 하다가 이 소식을 들은 김시습은 크게 분노하며 책을 불태우고 중이 되어 방랑의 길을 떠났다.

세조에게 저항했던 사람들로 사육신과 생육신이 있다. 사육신은 죽음으로 저항했던 사람들이고, 생육신은 몸은 살아 있지만 왕의 부름에 응하지 않고 세상을 등지고 살았던 사람들이다. 김시습은 생육신

가운데 하나였다.

김시습은 유학자였지만 중노릇을 하면서 불교를 깊이 연구했고 결국 세상을 떠난 곳도 부여에 있는 무량사無量寺라는 절이었다. 정치적인 환란 때문에 떠돌아다녔던 김시습의 마지막 흔적이 무량사라는 말이다. 이런 이유로 무량사에는 김시습의 부도가 남아 있다. 겉은 승려의 모습을 하고 있었지만 유학자이기도 했던 김시습은 자기가 죽으면 화장을 하지 말라는 유언을 남겼다. 승려들은 불에 태우는 화장을 하는 게 원칙이다.

무량사에서는 김시습의 유언에 따라 화장을 하지 않았다. 3년 동안 시신을 두었다가 장례를 치르기 위해 열어보니 모습이 조금도 변하지 않아 살아 있는 사람을 대하는 듯했다고 한다. 많은 사람들은 이 사실에 놀라 김시습이 부처가 되었다면서 화장을 했는데 사리 1과가 나왔다. 무량사에서는 김시습의 부도를 세우고 그 사리를 안치했다. 김시습의 부도는 일제강점기에 태풍으로 인해서 무너졌는데 그때 사리가 발견되었다. 그 사리는 지금 국립부여박물관에 안치되어 있다.

김시습의 부도는 조선 중기에 세워진 것이지만 조선 초기의 모습을 하고 있다. 그것은 가서 보면 알겠지만 조선시대의 부도는 고려시대의 그것에 비해 매우 간소해졌다. 그래서 종의 모양이나 달걀 모양이 일반적인데 김시습의 부도는 팔각원당형이다. 김시습의 부도를 세운 사람들은 김시습이 세조 이후의 사람이 아니라 그 이전의 사람으로 생각하고 싶었던 것일까? 전설이 되고 만 다섯 살 때의 김시습과 세종의 만남을 상상하면서 부도를 만들었을지도 모르겠다는 생각이 든다.

또한 특기할 만한 것은 무량사의 산신각에 산신 대신에 김시습이 모셔져 있다는 사실이다. 승려이기도 했고 유학자였던 김시습은 죽어서 산신이 되었다. 이 또한 김시습을 자꾸만 돌아보게 만드는 이유 가운데 하나이다.

사진의 오른쪽에 있는 팔각원당형의 부도가 김시습의 부도이다. 조선시대의 부도는 고려시대의 그것에 비해 매우 간소해졌다. 그러나 김시습의 부도는 조선시대 양식으로는 이례적으로 조각이 매우 우수하고 화려한 모습을 보여준다.

새로운 시작이 있는 곳
부도

부도밭, 불교의 상상세계

부도는 부처를 뜻하는 산스크리트어 '부다Buddha'에서 유래했다. 부도
는 스님의 사리를 봉안한 사리탑이다. 부처의 몸에서 나온 진신사리眞
身舍利를 봉안한 탑을 절의 중심에 세우는 것과 달리 부도는 절의 변두
리 외진 곳에 세운다. 부도는 수행을 많이 한 스님을 부처와 같이 예우
한다는 의미를 지닌다.

   한반도에 불교가 유입된 뒤 주검을 화장해서 유골을 거두어 묻는
장골藏骨이라는 불교식 장례식이 널리 행해졌다. 또한 9세기경에 들어
선종이 크게 퍼지면서 스님의 위상이 높아져 스님들의 사리를 봉안한
부도가 많이 건립되었다. 현재 남아 있는 가장 오래된 부도는 국립중
앙박물관 마당에 놓여 있는 염거화상부도탑(제작연도 844년)이다. 기록
상으로는 7세기에 세워진 것으로 보이는 원광법사의 부도이다.

   그렇다고 처음부터 승려가 입적하면 부도를 만든 건 아니다. 《삼
국유사》를 보면 백제의 혜현이라는 승려가 입적하자 호랑이 밥이 되게
했다는 기록이 있다. 그러나 점차 장례에 대한 필요가 대두되어 묘탑
형식을 빌려 부도를 세우기 시작한 것으로 보인다. 9세기에 이르러 전
국에 선종 9종파, 이른바 구산선문이 생기면서 소속 종파가 나타났고
9종파를 만든 조사의 업적이나 어록을 기록하기 위한 상징물이 생겼는
데 그것이 석조 부도이다.

부도를 볼 때 눈여겨보면 재미있는 것이 바로 가릉빈가이다. 가릉빈가는 사람의 머리와 새의 몸을 한 상상의 동물로 히말라야의 눈 덮인 산에서 태어났다고 한다. 가릉빈가는 목소리가 아름답고 극락정토에 사는 새라고 해서 극락조라고도 불린다.

가릉빈가가 장식으로 사용되기 시작한 것은 통일신라 이후이다. 대표적인 것으로는 경상북도 문경 봉암사 지증대사적조탑智證大師寂照塔과 전라남도 화순 쌍봉사 철감선사탑, 전라남도 구례 연곡사의 북부도

대흥사 부도밭. 부처의 몸에서 나온 진신사리眞身舍利를 봉안한 탑을 절의 중심에 세우는 것과 달리 부도는 절의 변두리 외진 곳에 세운다. 부도는 수행을 많이 한 스님을 부처와 같이 예우한다는 의미를 지닌다.

北浮屠와 동부도東浮屠가 유명하다. 가릉빈가의 정확한 생김새는 머리와 팔은 사람의 모습이고 새의 날개와 발을 가졌다. 따라서 손에 악기를 들고 연주하는 모습도 있다.

또 탑의 기단부에는 십이지신상과 사천왕상, 팔부중이 많이 조각되어 있다.

먼저 사천왕은 지국천持國天, 증장천增長天, 광목천廣目天, 다문천多聞天을 가리킨다. 사천왕은 사방을 수호하는 신들로 위로는 제석천을 받

포항 오어사 사천왕. 오어사吾魚寺라는 큼직한 현판을 지나면, 천왕문 대문에 사천왕이 그려져 있다.

들고 아래로는 팔부중을 거느린다. 원래의 모습은 귀인이었지만 중국을 거치면서 모습이 무인으로 변했다. 원래 귀신들의 왕이었지만 불교에 귀의해 수호신이 되었다. 지국천은 왼손으로 칼을 쥐고 오른손은 허리에 대거나 보석을 손바닥에 올려놓고 있다. 증장천은 오른손으로 용을 잡고 있고 왼손에는 용의 여의주를 쥐고 있는 경우가 많다. 광목천은 오른손은 끝이 셋으로 갈라진 삼차극을 들고 있고 왼손에는 보탑을 들고 있다. 다문천은 왼손에 늘 비파를 들고 있다.

팔부중은 천天, 용龍, 야차夜叉, 건달파乾達婆, 아수라阿修羅, 가루라迦樓羅, 긴나라緊那羅, 마후라가摩睺羅伽가 그들이다. 이 가운데 천은 특정한 것을 가리키는 것이 아니라 팔부중 전체를 이르는 말이다. 용은 잘 아는 것처럼 물속에 살면서 비를 내리는 힘을 갖고 있다. 생김새를 보면 얼굴과 몸은 사람인데 뱀 꼬리를 달고 있는 경우가 있다. 야차는 사자, 코끼리, 호랑이, 사슴, 말, 소, 양 등으로 나타나고 사람으로 표현할 때는 얼굴을 둘이나 셋으로 나타내는데 손에는 무기를 들고 있다. 건달파는 원래 음악의 신이다. 복장은 무장을 하고 있고 머리에는 사자관을 쓰고 있으며 손에 무기를 쥐고 있다. 우리가 흔히 쓰는 하는 일 없이 빈둥거리며 노는 사람을 가리키는 건달이라는 말이 여기서 유래했다. 아수라는 얼굴이 셋, 팔이 여섯인 삼두육비이며 손에는 칼을 들고 있는 무서운 신이다. 엉망을 뜻하는 아수라장이라는 말이 여기서 유래했다. 가루라는 사람의 몸에 새의 머리를 한 형태로 표현되거나 전신을 새 모양으로 표현한다. 긴나라는 사람인지 짐승인지, 또는 새인지 명확하지 않다. 사람의 머리에 새 몸을 하고 있거나 말 머리에 사람 몸인 경우도 있다. 형상이 일정하지 않다. 마후라가는 두 주먹을 쥐고 가슴 앞에 대고 춤을 추는 듯도 하고 뱀이 있는 관을 쓰고 노래하는 형상이다.

이들을 보고 싶다면 부도밭으로 가면 된다. 특히 통일신라시대나 고려시대에 만들어진 부도밭이라면 틀림없이 이들을 만날 수 있다. 부도밭은 죽음이라는 이미지 때문에 쓸쓸할 듯도 하지만 실제로는 환한 느낌을 준다. 그것은 그곳이 불교의 상상세계로 들어가는 입구이기 때문일 것이다.

부도, 죽음의 상징

부도는 승려들의 무덤이다. 오랜 수도와 고행을 통해 깨달음을 얻고 그 깨달음을 세상에 전하다가 승려가 세상을 떠나면 먼저 화장을 한다. 화장을 하고 뼈를 수습할 때 사리를 발견할 때가 있다. 모든 승려에게서 사리가 나오는 것은 아니며 사리의 있고 없음이 고승이냐 아니냐의 기준이 되지도 않는다. 이렇게 뼈나 사리를 수습해서 안치한 묘탑이 바로 부도이다. 이와 더불어 부도에는 죽은 자의 행장뿐만 아니

강릉 보현사 부도밭. 부도는 승려들의 무덤이다. 화장을 하고 뼈나 사리를 수습해서 안치한 묘탑이 바로 부도이다. 이와 더불어 부도에는 죽은 자의 행장뿐만 아니라 당시 사회의 모습도 전하고 있다는 점에서 훌륭한 자료가 된다.

라 당시 사회의 모습도 전하고 있다는 점에서 훌륭한 자료가 된다.

그런데 승려의 화장 후 사리의 있고 없음으로 승려의 수준을 가늠하려는 사람들이 의외로 많다. 그것은 부처의 사리 때문이 아닐까 한다. 현재 우리나라에 부처의 진신사리가 모셔져 있는 절은 모두 다섯 군데이다. 경상남도 양산의 통도사, 강원도 오대산 상원사와 설악산 봉정암, 강원도 영월의 사자산 법흥사, 태백산의 정암사가 그곳이다.

사리의 있고 없음을 따지는 것은 결과에 집착하는 마음 때문이다. 불교가 공식적으로 전해진 것은 고구려 소수림왕 2년(372년)의 일이다.

그 이후 오랜 세월 동안 이 땅 곳곳에는 불교의 흔적이 남았고 그만큼 많은 승려들이 명멸해갔다. 그들의 행장과 업적을 달랑 사리로만 판별한다는 것은 너무 가혹한 일이다.

부도는 죽음을 기리는 상징물이다. 그러나 죽음은 끝을 의미하지 않는다. 오히려 죽음은 새로운 시작을 뜻한다. 부처가 살아 있을 때 불교가 지금처럼 세계적인 종교가 될 것으로 누가 상상했을까? 부처의 예는 모두에게 적용된다. 사람은 살아 있을 때가 아니라 죽고서야 비로소 바른 평가를 내릴 수 있기 때문이다. 이런 면에서 부도는 한 승려의 새로운 시작이기도 하다.

가볼 만한 부도

부도는 절을 찾으면 함께 감상할 수 있다. 부도에는 꼼꼼하게 보지 않으면 지나치기 쉬운 많은 상징들이 새겨져 있다. 하늘을 향해 솟은 탑과 달리 부도는 죽음을 깔고 있는 탓에 차분한 느낌을 준다. 특히 부도들이 모여 있는 부도밭은 장엄하다.

● 진전사지 도의선사 부도
신라시대 선종을 전한 도의선사의 부도일 것으로 추정된다. 진전사를 세운 것이 도의선사이기 때문이다. 만약 도의선사의 부도라면 우리나라 최초의 석조 부도가 된다.
소재지: 강원도 양양군 강현면 둔전리

● 염거화상 부도(국보 제104호)
원래 강원도 원주시 지정면에 있었지만 탑골공원을 거쳐 지금의 자리에 놓였다. 이전 당시 탑 속에서 금동탑지金銅塔誌가 발견되었는데 이를 통해 부도의 축조 연대가 신라 문성왕 때임이 밝혀졌다.
소재지: 서울특별시 용산구 서빙고로 137 국립중앙박물관

● 고달사지 부도(국보 제4호)
신라 말기의 고승 원감의 부도일 것으로 추정되지만 확실하지는 않다. 거의 완벽하게 보존되어 있는 부도의 걸작으로 꼽힌다.
소재지: 경기도 여주시 북내면 상교리

● 쌍봉사 철감선사묘탑(국보 제57호)
신라 경문왕 때 고승이었던 철감선사의 부도이다. 화려한 장식이 되어 있는 묘탑은 비석과 함께 세워졌다.
소재지: 전라남도 화순군 이양면 쌍산의로 459

● 연곡사 동부도(국보 제53호), 서부도(보물 제154호), 북부도(국보 제54호)
연기조사가 세운 연곡사에는 신라시대의 동부도, 고려시대의 북부도, 조선시대의 서부도가

있어 시대에 따른 부도를 한눈에 볼 수 있다.

소재지: 전라남도 구례군 토지면 피아골로 774

● 법천사 지광국사현모탑(국보 제101호)

고려시대의 고승인 지광국사의 부도이다. 원래 강원도 원주 부론면 법천사에 있었지만 일본으로 유출되었다가 지금은 경복궁에 자리 잡고 있다.

소재지: 서울특별시 종로구 사직로 161 경복궁

● 정토사 흥법국사실상탑(국보 제102호)

고려시대의 고승인 흥법국사의 부도이다. 충청북도 중원에 있는 정토사지에 있었지만 지금은 국립중앙박물관에 자리하고 있다.

소재지: 서울 용산구 서빙고로 137 국립중앙박물관

● 청룡사 보각국사 정혜원륭탑비(국보 제197호)

고려의 고승 보각국사의 사리를 모신 묘탑이다. 조선시대에 권근이 비문을 지을 때 정혜원륭이라는 이름을 붙였다.

소재지: 충청북도 충주시 소태면 오량리

과 거 를
통   해
현 재 를
묻 는 다

비석

만약 이대로 세상을 떠난다면 그 삶을 기록하는 비에 무엇이 적힐까. 사람들은 누구나 자기 이야기가 있다. 여행 중 비석을 만나거든 각자의 삶의 이야기를 떠올리며 반성할 수 있다면 좋겠다. 비석을 통해 나의 미래를 만날 수 있지 않을까.

비석과 행장

사람들은 누구나 자기 이야기가 있다. 소설로 친다면 장편소설 하나쯤
은 쓸 수 있는 분량의 이야기를 누구나 지니고 있다. 그 가운데 특별한
삶을 살아낸 사람들의 이야기는 여러 모습으로 세상에 남아 후대에 전
해지기도 한다. 또한 기념할 만한 사건이나 이야기가 후세에 전해진다.

비석은 과거의 기억을 기록한 조형물이다. 그런데 충청북도 진천
군 진천 연곡리에 있는 보물 제404호인 비석에는 아무런 글씨가 쓰여
있지 않다. 그래서 이 비석은 아무것도 쓰여 있지 않은 백지와도 같다
는 뜻에서 백비白碑라고도 불린다. 글이 없으니 언제 누가 무엇을 위해
세웠는지도 알 수 없다. 다만 고려 초기에 세워졌을 것으로 추정할 뿐
이다.

비석에 글이 적혀 있지 않은 이유는 아직 밝혀지지 않았다. 원래
부터 백비로 세웠을 수도 있고 제작 단계에서 미처 비문을 새기지 못
했거나 그도 아니면 누군가 글씨를 모두 깎아냈을 수도 있다. 비석의
글을 깎아내는 것은 조상에 대한 좋지 않은 글이 적혀 있을 때 후손이
갈아내는 경우도 있고 일제가 광개토대왕비를 훼손한 것처럼 사건이
나 역사를 왜곡하기 위한 경우도 있다.

실제로 남원에 있는 황산대첩비는 고려 말기에 이성계가 왜구를
물리친 것을 기념하기 위해 세운 비인데, 자기 조상들의 소행이 부끄

진천 연곡리 백비. 비석은 과거의 기억을 기록한 조형물이다. 그런데 보물 제404호인 연곡리 비석에는 아무런 글씨가 쓰여 있지 않다. 그래서 이 비석은 아무것도 쓰여 있지 않은 백지와도 같다는 뜻에서 백비白碑라고도 불린다.

러웠는지 아니면 역사를 왜곡하기 위해서였는지 일제는 비를 폭파시키고 조각난 비석의 글자를 알아보지 못하게 긁어냈다. 지금의 것은 1957년에 다시 복원한 것이다. 원래의 황산대첩비는 조각난 채로 일제의 야비함을 보여주고 있다.

백비가 있는 연곡리는 한때 정도령이 세상을 구할 것이라는 내용이 담긴《정감록》을 믿는 사람들이 화전을 일구며 살았던 곳이며, 역사를 길게 거슬러 올라가면 삼국통일의 주역인 김유신이 태어난 곳과 지근거리에 있다. 김유신은 진천 태수의 아들로 태어났다. 김유신이 동굴 속에 들어가 기도를 하던 중 선인을 만났다는 동굴도 부근에 있다.

연곡리 석비는 달랑 비석만 있는 게 아니라 훌륭한 장식물들이 있다. 그러니까 작정을 하고 비석을 세웠다는 말이다. 어떤 사건이나 누군가의 이야기를 쓰려고 했던 것이다. 그러나 무슨 사연인지는 밝혀지지 않았지만 결국 아무것도 쓰여 있지 않은 비석으로 남았다. 그래서인지 연곡리 석비에는 오히려 많은 이야기가 담겨 있는 듯하다. 어쩌면 이 비석을 보는 사람이라면 자기 이야기를 그 비석 위에 쓸 수 있겠다는 생각이 들었다. 아무것도 적혀 있지 않기 때문에 무슨 이야기이든 쓸 수 있는 그런.

사람이 죽은 뒤 그의 평생을 기록한 글을 행장行狀이라 부른다. 여행 중 비석을 만나거든, 내가 죽은 뒤 누군가 나의 행장을 쓴다면 어떤 것이 될지 스스로 삶을 반성할 수 있다면 좋겠다. 비석을 통해 나의 미래를 만날 수 있지 않을까 생각해본다.

허목의 퇴조비

삼척에 가면 항구에서 멀지 않은 곳에 '척주동해비陟州東海碑'라는 비석이 있다. 서예 가운데 가장 원형에 가까운 글자인 전서로 쓴 비석이다. 이 비석의 글을 쓴 사람은 조선시대의 학자였던 허목許穆(1595~1682)이다. 허목은 눈썹이 얼굴을 덮을 만큼 길었던 탓에 호를 미수眉叟라 했다. 또한 눈의 광채가 대단해서 전하는 말에 따르면 평생 눈을 크게 뜬 것이 세 번밖에 없었다. 눈을 크게 뜨면 광채 때문에 주위 사람들이 놀라 자빠졌기 때문이다.

허목이 삼척에 부사로 취임했을 때의 일이다. 당시 삼척은 바닷물이 밀려들어 사람들이 살기에 불편했다. 심지어는 동헌까지 바닷물이 흘러들었다. 이를 보고 허목은 항구 인근에 동해를 예찬하는 비를 세웠다. 그 이후 바닷물은 그 비석을 넘어서지 않았다고 한다. 바닷물을 막는다는 뜻으로 퇴조비退潮碑라고도 부른다.

그런데 허목이 삼척을 떠나고 다른 사람이 부사로 부임했다. 그는 허목에게 반감을 가진 사람이었다. 허목이 세운 비석이 사람들 사이에서 인기가 높자 비석으로 바닷물을 막는 것은 미신이라며 그 비석을 부수게 했다. 아전들은 새로 온 부사를 말렸지만 허목을 싫어한 부사는 한사코 비석을 부수게 했다.

그리고 얼마 후 바닷물이 옛날처럼 밀려들어왔다. 백성들은 물난리를 당했고 동헌도 물바다가 되고 말았다. 새로 온 부사는 당황할 수밖에 없었다. 허목에 대한 사사로운 감정 때문에 백성들과 고을이 물난리가 났기 때문이다.

그때 아전 하나가 부사를 찾아왔다. 그 아전은 허목이 비석을 세울 때 두 개를 만들었다고 알려주었다. 허목은 훗날 이런 일이 있을 줄 알고 미리 하나를 더 만들어놓았던 것이다. 부랴부랴 동헌 마루 밑에 묻어두었던 것을 파내어 먼저 비석이 있던 곳에 세웠다. 그러자 그때까지 거세게 밀려들던 바닷물이 썰물처럼 빠져나갔다.

그 후 이 비석에 대한 믿음은 더욱 강해졌다. 허목이 세운 비석을 탁본해 집에 두면 재앙이 들어오지 않는다는 속설 때문에 비석은 몸살을 앓았다. 파도가 넘보지 못하는 것처럼 재앙이 집안을 넘보지 못할 것이라고 생각했던 것이다. 그런 이유 때문일까, 지금은 오히려 누각 속에 갇혀 있어 비문조차 제대로 읽기 힘들다.

땀을 흘리는 표충비

후대에 알리기 위해 글을 새기기 시작한 것이 훗날 비석으로 발전했을 것으로 추정하고 있다. 중국 한나라 때 죽은 사람에 대해 알리기 위해 돌기둥에 이야기를 새기기 시작한 것이 훗날 비석으로 발전했을 것으로 추정한다.

어쨌든 비碑는 어떤 사실을 기록해서 후세에 전하기 위한 기록물이다. 비는 재료에 따라 돌로 만든 석비, 쇠로 만든 철비, 나무로 만든 목비 등으로 나눌 수 있다. 우리나라에 현재 남아 있는 것은 거의 돌로 만든 석비이다. 철비는 조선시대에 만든 것이 약간 남아 있다.

또한 비는 내용에 따라 기적비紀績碑, 순수비巡狩碑, 국경개척비, 묘비, 사찰사적비, 정려비旌閭碑 등으로 구분할 수 있다.

이 가운데 순수비는 진흥왕 순수비 때문에 귀에 익은 말이다. '순수'라는 말은 왕이 직접 자기 영토를 돌아다니는 것을 가리키는 말이다. 그러니까 진흥왕이 직접 그곳에 가서 비를 세웠다는 뜻이다. 지금 남아 있는 진흥왕 순수비는 모두 네 개로, 두 개는 함경남도 마운령비와 황초령비이며 하나는 북한산에 또 하나는 창녕에 있다. 등산객들이 많이 찾는 북한산의 비봉은 그 정상에 진흥왕 순수비가 있어서 생긴 이름이다.

정려비는 충신, 효자, 열녀 등을 기리기 위해 세운 비를 가리킨다. 뒤집어 생각하면 정려비를 세워서 기리고 격려할 정도로 충신이나 효자, 열녀가 적었다는 말이기도 하다.

국경을 나타내는 비석으로 유명한 것은 충청북도 충주에 있는 중원 고구려비(국보 제205호)이다. 이 비석은 광개토대왕비와 비슷한데 이 비석 때문에 그 지역에 입석마을이라는 이름이 붙었다.

비석의 서체는 금석학과 서지학에서 중요한 자료로 활용된다. 또한 귀부龜趺(거북받침)나 이수螭首(뿔이 없는 이무기가 새겨진 개석) 등은 미술사 연구에 귀중한 자료다. 또한 비의 마지막 부분에 명기된 시기를 보면 절대연대를 알 수 있다. 비석은 7세기 정도까지 귀부와 이수가 매우 당당하여 위엄이 있고 실제로 규모도 컸지만 시대가 지나면서 크기도 작아지고 이수보다는 기와지붕형으로 바뀌게 된다.

신비한 비석도 있다. 경상남도 밀양에 있는 표충비는 나라에 큰일이 있을 때 땀을 흘리는 비석으로 유명하다. 일제강점기 만세운동이 일어났던 1919년 3월 1일에 표충비가 흘린 땀이 무려 100리터가 넘는다고 한다. 표충비는 1742년에 밀양이 고향인 사명대사의 업적을 기리기 위해 세운 비석이다.

비석은 세월이 지난 인물이나 사건을 풍화시키듯 시간이 흐르면 마모가 되기 마련이다. 또한 마모는 자연스러운 것이다. 그러나 고의로 훼손된 비석을 보면 가슴에 상처가 난 듯 아프고 안타깝다.

가장 대표적인 것이 《삼국유사》의 저자로 알려져 있는 일연의 비석이다. 공식적인 이름이 보각국사비인 이 일연의 행적을 기록한 비석은 초라한 비각 속에서 심하게 훼손되어 있다. 그것은 조선시대에 이 비석을 갈아먹으면 과거에 급제한다는 소문 때문에 심한 몸살을 앓았기 때문이다. 유학자들의 불교 폄하가 엿보이는 대목이다. 결과적으로 일연은 보물과도 같은 《삼국유사》를 남겼지만 후손들은 오히려 그의 행적을 갉아먹은 셈이다. 참으로 부끄러운 일이다.

기생 이매창과 허균

독수공방 외로이 병에 찌든 이 몸,

굶고 떨며 사십 년 세월 길게도 살았네.

묻노니 사람살이가 얼마나 되는가,

어느 날도 울지 않은 적이 없네.

　이 글은 전라북도 부안에 있는 매창 시비詩碑에 적혀 있는 글이다. 이매창은 조선시대 선조 대에 살았던 기생으로 많은 시를 남겼다. 이매창은 황진이와 여러모로 비교가 되는 기생이며 시인이었다. 많은 남자들이 그녀를 흠모해서 부안으로 발길을 옮겼다. 그 남자들 가운데 《홍길동전》을 쓴 허균도 있었다. 허균은 아예 부안에 눌러 살려고도 하였다. 이런 이유로 부안에서 《홍길동전》을 쓰기도 했다. 이처럼 많은 남자들의 흠모를 받았던 이매창이지만 마흔을 채우지 못하고 38세의 나이에 가난과 병으로 세상을 떠났다. 참으로 허무한 일이 아닐 수 없다.

　한번 돌이켜 생각해보자. 만약 지금 이대로 세상을 떠난다면 그 삶을 기록한 비에 무엇이 적힐지를 말이다. 한때 유언을 미리 써보는 일이 유행했던 적이 있다. 죽음을 떠올리며 지금의 삶을 반성할 수 있는 좋은 기회로 삼자는 게 그 취지였다. 마찬가지로 과연 비석에 무엇을 적을 수 있을지, 또한 어떤 글이 적히기를 원하는지 생각해볼 일이다.

이런 글이라면 어떨까?

> 그리운 그의 얼굴 다시 찾을 수 없어도
> 화사한 그의 꽃
> 山에 언덕에 피어날지어이.

한국의 현대 시인 신동엽의 시비에 적혀 있는 그의 시 〈산에 언덕에〉의 한 구절이다.

가볼 만한 비

● **충주 중원 고구려비**(국보 제205호)

국내에 유일하게 남아 있는 고구려 석비이다. 장수왕이 남한강 유역의 여러 성을 공략하여 개척한 후 그 기념으로 세웠을 것으로 추측되며 광개토왕비와 모습이 비슷하다.

소재지: 충청북도 충주시 중앙탑면 용전리 280-11

● **영천 청제비**(보물 제517호)

영천 청못이라는 저수지를 축조하면서 기록한 내용과 중수에 관한 내용을 기록한 비석이다. 청제비는 신라 수리시설의 실태와 신라사회를 이해하는 데 큰 도움이 된다.

소재지: 경상북도 영천시 도남동 산7-1

● **창녕 진흥왕 척경비**拓境碑(국보 제33호)

지금의 창녕 지역을 신라 영토로 편입한 진흥왕이 방문하고 그 기념으로 세운 비이다. 비문에 '순수'라는 말이 보이지 않아 국경을 넓혔다는 의미인 척경비로 불리지만 순수비의 성격이 강하다. 진흥왕의 순수비로 국립중앙박물관에 있는 북한산순수비(국보 제3호)가 있다.

소재지: 경상남도 창녕군 창녕읍 교상리 28-1

● **포천 치제문비**

인평대군 치제문비는 일찍이 세상을 떠난 인평대군의 제문을 효종·숙종·영조·정조 네 임금이 직접 짓고 쓴 어제어필을 비석에 새긴 것이다. 묘 왼쪽에 비각을 짓고 두 개의 쌍비를 나란히 세웠는데 우리나라에서는 유일한 쌍비다.

소재지: 경기도 포천시 신북면 신평로222번길 12-49

● **강진 월남사지 진각국사비**(보물 제313호)

고려시대 월남사를 세운 진각국사 혜심을 추모하는 석비이다. 고려시대의 대표적인 문인 이규보가 비문을 썼다.

소재지: 전라남도 강진군 성전면 월남1길 106-1

● 울진 봉평 신라비(국보 제242호)

원인을 알 수 없는 사건을 해결한 뒤 소를 잡아 의식을 거행하고 그 사후조치를 기록한 비석이다. 이 내용은 기존 문헌에 등장하지 않아 신라사 연구에 큰 활력이 되었다.

소재지: 경상북도 울진군 죽변면 봉평길 9

● 남원 황산대첩비

고려 말 이성계가 왜구를 퇴치한 것을 기념해서 세운 비석이다. 황산대첩은 최영의 홍산대첩과 더불어 왜구의 발호를 막는 데 큰 역할을 했던 전투이다.

소재지: 전라북도 남원시 운봉읍 가산화수길 84

● 삼척 척주동해비

조선시대의 문인 허목이 바닷물이 들어오는 것을 막기 위해 세운 비석이다.

소재지: 강원도 삼척시 허목길 13-7

● 보령 성주사지 낭혜화상 백월보광탑비(국보 제8호)

신라 말기의 고승인 무염의 비석이다. 현존하는 신라시대 최고의 비석으로 꼽힌다.

소재지: 충청남도 보령시 성주면 성주리

● 경주 태종무열왕릉비(국보 제25호)

신라의 무열왕 비석으로 현재 몸체는 없어지고 귀부와 이수만 남아 있다.

소재지: 경상북도 경주시 서악동 92-2

● 하동 쌍계사 진감선사 대공탑비(국보 제47호)

진감선사 혜소를 추모하기 위해 세운 비석이다. 혜소는 차를 우리나라에 전한 인물이다. 비문은 신라 최고의 문장가로 꼽히는 최치원이 썼다.

소재지: 경상남도 하동군 화개면 쌍계사길 59

● 원주 법천사지 지광국사현묘탑비(국보 제59호)

고려시대의 비석으로 원래는 원주 부론면 법천사에 있었지만 일제강점기에 강탈당했다가 경복궁으로 옮겼다.

소재지: 서울특별시 종로구 사직로 161(세종로) 경복궁 내

매듭, 그리고 새로운 시작

우리 문화를 우리 삶에 빗대고 여행에 의지해 돌아보았고 그 여정이 끝났다. 본문에서도 여러 차례 말했지만 끝은 새로운 시작의 다른 말이다. 그래서 여행은 돌고 도는 물레방아처럼 끝없이 떠나고 돌아오는 것이며 그 과정에서 여행을 닮은 우리의 삶을 조금씩 이해하고 그 느낌의 깊이를 더해가는 것이겠다.

우리 문화에는 반도라는 특유의 지리적인 특성이 잘 녹아 있다. 사실 문화는 자연환경과 지리에 많은 영향을 받는다. 사막지대의 문화와 평원의 문화가 다를 수밖에 없듯이 반도의 문화 또한 그 고유한 특징을 지니고 있다. 그래서 본문에서는 글의 특성상 별로 다루지 못했지만 우리 문화는 우리 문화 나름의 아름다움과 멋을 지니고 있다. 이 여정의 끝에서 우리 문화의 탐색이라는 새로운 여행을 시작해 보는 것도 좋을 듯하다.

해외여행을 통해서 새로운 문물을 접하고 자극을 받는 것도 좋은 일이지만 그 시선을 내부로 돌려서 익숙해 보이는 듯한 우리 문화에서 낯선 우리의 모습을 만나는 것도 좋은 일이라 생각된다. 또한 익숙한 것에서는 그 깊이를 느낄 수도 있겠다.

이 글을 쓴 것은 오래되었다. 꽤 오래전에 한동안 전국을 다니면서 답사를 한 적이 있다. 늦게 대학원에 들어가 문화를 공부하며 현장에 대한 갈증이 있었다. 그때 보고 듣고 느낀 것들을 우리 문화와 삶에 빗대서 정리한 것이 이 글이다. 그러나 여러 사정으로 그대로 묵혀두었던 것을 작은 계기를 통해서 과거의 추억처럼 끄집어냈다. 오래전의 글이라 어색하기도 하고 그 사이에 외부적으로 또한 내부적으로 많은 변화가 있었기에 낯설기도 했다.

하지만 무엇보다 그리움이 있었다. 이 땅을 두 발로 디디고 다니던 때의 그리움, 눈동자로 손으로 전해지던 우리 문화의 결과물들에 대한 그리움, 그리고 떠남에 대한 그리움이 있었다. 그래서 새로운 시작을 위해 과거를 딛고 일어날 수 있는 매듭이 필요했다.

그런데 과분하게도 한국출판문화산업진흥원에서 진행하는 2014년 우수출판콘텐츠로 선정되었다. 뜻밖의 행운이고 새로운 시작을 위한 따스한 격려의 눈빛처럼 느껴지기도 한다. 우리는 자의든 타의든 삶이 그러하기 때문에 늘 떠나야 한다. 어느 시인의 말처럼 우리의 눈동자는 작지만 너른 하늘을 담을 수 있다. 늘 떠나는 그 여정에서 눈동자에 세상을 가득 담아오기를 기원한다.

국립중앙도서관 출판시도서목록(CIP)

```
길 위에서 마주친 우리 문화 / 지은이 : 이경덕. -- 파주 :
책찌, 2014
    p. ;   cm

ISBN  979-11-85730-03-5  03810 : ₩15000

역사 문화 유적[歷史文化遺蹟]
여행기[旅行記]

981.102-KDC5
915.19-DDC21              CIP2014033903
```

이 도서의 국립중앙도서관 출판시도서목록(CIP)은 서지정보유통지원시스템 홈페이지
(http://seoji.nl.go.kr)와 국가자료공동목록시스템(http://www.nl.go.kr/kolisnet)
에서 이용하실 수 있습니다.(CIP제어번호: CIP2014033903)

길 위에서 마주친 우리 문화

초판 1쇄 인쇄 2014년 11월 20일
초판 1쇄 발행 2014년 11월 30일

지은이 이경덕
펴낸이 김영애
펴낸곳 도서출판 책찌(출판등록 제406-2010-000052호)
주소 413-756 경기도 파주시 문발로 115 세종출판벤처타운 404호
전화 031)955-1581
팩스 031)955-1580
전자우편 bookzee@naver.com

ISBN 979-11-85730-03-5 03810